站在烦恼里仰望幸福

《读者》图书部 编

陕西新华出版传媒集团
未来出版社

目 录

生命，竟是如此甜美

〔美〕乔恩·默迪

照片中的我，年方十六，身着泳衣，在白皑皑的雪地上闪身躲避小伙伴们扔过来的雪球，而身旁是俄勒冈州的一个湖。

这么多年过去了，照片还时时勾起我的回忆。当时，射向我的“子弹”越来越密集，我不假思索地纵身跃入湖中。水温比我想象的要高。虽然已是春末夏初，但大山北坡和丛生的常绿植物使白雪得以在温暖的阳光下幸存下来。

我朝哥哥格里特和他的朋友戴夫那边游去，追击过来的雪球在我身边击起朵朵水花。前面不远处，格里特和戴夫正笨拙地划着木筏。

就在几周前，我还费尽唇舌努力让我的游泳教练相信，如果不动，我在水里根本漂浮不起来。为了证明给他看，我一次又一次地沉到游泳池底。

他坚持说我可以浮起来，但他错了。一些人是漂浮不起来的，除非有东西支撑。我就是其中一个。

但在跳进湖中时，我没有想到这一点。这天风和日丽，在阳光的照耀下，水面波光潋滟。我年轻力壮，应该可以轻而易举地游到木筏边。

我穿过雪球阵，继续朝木筏游去。我自由自在地变换着泳姿，一会儿侧泳，一会儿仰泳，一会儿自由泳。

但过了一会儿，我开始感到疲倦，这才意识到木筏的距离实际上比我认为的远得多。

看来我没有力气游到木筏那里了。我回头看看湖岸，但离岸边的距离也不近。我太蠢了，贸然让自己陷入这样的境地。我需要休息，但根本没办法停下来，因为我会沉下去。

我太年轻了，不能就这样死去，特别是不能因为一个愚蠢的决定而丧命。但好像除了沉入水底外我别无选择。我听说过，在奄奄一息时，眼前会飞快再现经历过的一切。但我不是这样，我只是一个劲儿地后悔自己为什么会如此愚蠢地跳下来，叹息生命如此短暂。然后，我放弃了，准备沉下去。因为湖水有点浑浊，我看不清水到底有多深，但我清楚地感觉到双脚触到了泥泞的湖底。

我站在湖中央，水仅没过双肩。我深深吸了一口气，放声大笑。正因为水浅，湖水才这么温暖，我想。而此前，我根本没有想到湖水竟是如此之浅。

在和煦的阳光下，在温暖的湖水中，我感到生命是如此甜美。双脚浸在湖底的湿泥中是那么舒服。哈！我有歌要唱，有舞要跳，有故事要讲。我还要活很多很多年。

我慢慢地朝木筏走去。我不会告诉别人为什么自己会在湖中央哈哈大笑，这是我与湖水之间的小秘密。湖水知道为什么从这一刻起，我更加珍惜生命。在我的前面，还有很长很长的路要走。

功成知退

〔西班牙〕葛拉西安

自然界的一切事物都会发展到至善的地步。只要尚未达到至善的境界，它们就会一直连续不断地加以发展；而一旦达到至善的境界，它们就会渐趋衰落，就像转动不休的陀螺一样。

所有高明的赌徒都懂得在适当的时候离开赌桌：一旦获得足够的成功——即使尚有更多的成功——也要见好就收。接踵而来的好运永远伴随着更大的危险，当你还在那份好运中悠然自得时，它很可能会摔倒并把所有的东西撞得七零八落。因为幸运女神不能总把某个人长时间地背在身上，她也会感到疲倦的。

风风光光袖手安坐，胜过眼看运势收回你刚刚取得的一切，而你却只能束手无策。

运气性近女子，始终专情者少——遭她烫伤之人如是说。梅斯之役，查理五世落败，马里纳诺侯爵（他曾为查理五世征讨过意大利、匈牙利、德国）出言安慰时，就说运势不仅有女人的善变无定，也多有薄情男子的喜新厌旧。

我则要说，她的变心，并非由于性本专，亦非由于性近女子，而是公正天意的变通。

最高明的归宿，就是光明正大适时收手。

然而有人渴求好运，当幸运女神赐予小啜一口，他们便不能自禁，进而忘形。

这一点，运势的长子——查理五世，就是英雄的典范。这位天下皇帝中最光荣者，英伟一世，以明慎收场。他乘运征服世界，终而征服运势。他适时退隐，其棺未盖，已定伟大之名。

有人则身败名裂，是为贪婪之报。开场其乐无比，下场其惨无比者，屡见不鲜。

人生的试金石

〔美〕乔希·罕兹　扬先碧 编译

著名的亚历山大图书馆在一次火灾中被毁之后，人们在废墟中发现了残存的一本书。可惜这本书没有什么学术价值，政府打算把这本书拍卖掉。由于大家都知道这本书学术价值不大，没有人愿意买这本书。最终，一个穷学生以 3 个铜币的低价购得这本书。

这本书不但没有学术价值，内容也枯燥无味。那名穷学生在少有其他书读的情况下，还是经常把这本书拿出来翻阅。翻到后来，书被翻破了，书脊里掉出了一张小纸条，上面写着试金石的秘密：试金石是能把任何金属变成纯金的一种小鹅卵石，它看起来和其他的鹅卵石没有什么两样，静静地躺在沙滩上，然而，一般的鹅卵石较冷，只有试金石摸起来是温暖的。

穷学生获知这个秘密后欣喜若狂，立即赶到大海边寻找试金石。穷学生满怀信心地挑选那些鹅卵石，可是那些石头摸起来都是凉凉的。穷学生渐渐地有些失望了，他愤怒地把捡起来的鹅卵石朝大海深处扔去。他就这样日复一日、年复一年地在海边扔鹅卵石，而且扔鹅卵石的力气越来越大，那些鹅卵石也被越扔越远。

多年后的一天，穷学生捡到一块温暖的鹅卵石。然而，他已经形成了到手就扔的习惯， 当他意识到那是块温暖的鹅卵石时，那块传说中的鹅卵石已经被他扔到了深海中。他懊恼地潜到海底，寻找了许多天，还是找不到他扔出的那块试金石。

穷学生终于失望了，他一无所获地回到了首都。当时，国内正在举行建国百年庆典，国王一时开心摆擂台寻找全国力气最大的人，冠军将被封为伯爵，并可获得大量黄金和良田的赏赐。穷学生想起这么多年来在海边扔鹅卵石的经历，觉得机会来了。穷学生随着众人去看热闹，看来看去，觉得那些人的力气都没有自己的力气大。于是他上台去比试，结果把参赛者一个个打败了，获得了大力士冠军，得到了国王的赏赐。

穷学生变成了富裕而体面的伯爵，他感谢那本给他带来好运的书，决定把那本书重新装订并保存起来。他拆开书脊以便重新装订，却在书脊里发现了夹藏的另外一张纸条，上面写着：世界上没有真正的试金石，你对人生的态度就是试金石。当你老是抱怨没有机会的时候，或许机会真的到了手边你也把握不了。

山村的墓碣

冯至

德国和瑞士交界的一带是山谷和树林的世界，那里的居民多半是农民。虽然有铁路，有公路，伸到他们的村庄里来，但是他们的视线还依然被那些山岭所限制，不必提巴黎和柏林，就是他们附近的几个都市，和他们的距离也好像有几万里远。他们保持着自己的服装，自己的方言，自己的习俗，自己的建筑方式。山上的枞林有时稀疏，有时浓密，走进去，往往是几天也走不完。林径上行人稀少，但对面若是走来一个人，没有不向你点头致意的，仿佛是熟识的一般。每逢路径拐弯处，总少不了一块方方的指路碑，东西南北，指给你一些新鲜而又朴实的地名。有一次，我正对着一块指路碑，踌躇着，不知应该往哪里走，在碑旁草丛中又见到另外一块方石，向前仔细一看，却是一座墓碣，上边刻着：

一个过路人，不知为什么，
走到这里就死了。
一切过路人，从这里经过，
请给他作个祈祷。

这四行简陋的诗句非常感动我，当时我真希望，能够给这个不知名的死者作一次祈祷。 但是我不能。小时候读过王阳明的瘗旅文，为那死在瘴疠之乡的主仆起过无穷的想象；这里并非瘴疠之乡，但既然同是过路人，便不自觉地起了无限的同情，觉得这个死者好像是自己的亲属，说得重一些，竟像是所有的行路人生命里的一部分。想到这里，这铭语中的后两行更语重情长了。

……

青春常在

〔英〕威廉·赫兹里特

“生命是一束纯净的火焰，我们依靠自己内心看不见的太阳而生存。”

——托马斯·布朗爵士

没有年轻人相信自己会死去。这句话是我哥哥说的，它真算得上一句妙语。年轻人有一种永生之感——它似乎能弥补一切。拥有年轻的人就好像是一尊不朽的神灵，一半的生命已经流走，但蕴藏着无尽宝藏的另一半生命还没有明确的下限。因此，我们对它也就抱着无穷的希望和幻想。我们把未来的时代完全据为己有——

无限辽阔的远景在我们面前展现着。

年老、死亡只不过是句空话，没有任何意义。我们听了，并没有放在心上，如同吹过我们的一股风。这些事，别人或许经历过，或者可能就要经历——但是我们自己“享受着魔法保护的生命”，对于诸如此类脆弱的念头，统统会轻蔑地一笑了之。像是刚刚走上愉快的旅程，极目远眺——

向远方美好的景象欢呼！

这时我们会觉得好风景应接不暇，如果往前走的话，还会有更多美不胜收的新鲜景致。在这生活的开端，我们听任自己的志趣驰骋，放手给它们一切满足的机会。到此时为止，我们还没有碰上过什么障碍，也没有感觉到什么疲倦，因而觉得可以一直这样向前走去，直到永远。我们看到四周一派新天地——生机勃勃，变动不息，日新月异；我们觉得自己充满活力，精神高涨，可与宇宙并驾齐驱。而且，眼前也没有任何迹象可以表明，在大自然的发展过程中，我们自己也会落伍、衰老，掉进坟墓。年轻人天性单纯，可以说是茫然无知，总有青春常在之感，因而将自己跟大自然画上等号，并且，由于缺少经验，感情旺盛，总是以为自己也能像大自然一样永生。我们在世界上只是暂时栖身，却一厢情愿、痴心妄想地竟把它当作长久不变的结合，好像没有冷漠、争吵、离别的蜜月。就像婴儿带着微笑入睡一样，我们躺在用自己天真的幻想所编织成的摇篮里，让宇宙的万籁之声把我们催眠，我们高兴而急切地畅饮生命之杯，怎么也不会饮干，好像永远是满满欲溢的：包罗万象纷至沓来，各种欲望随之而生，我们没有时间去思考死亡……

幻想与幻灭

关万维

奥地利精神病学和神经病学教授维克多·法朗克一家曾被囚禁在纳粹集中营。出狱后，他发现一种有点奇怪的现象：历尽磨难、大难不死的囚徒重新获得自由，本来是走向未来、走向新生活的新起点，将要掀起一次新高潮的，但是，他们中大多数人却陷进一种毁灭性的痛苦和迷茫。原因是似乎没有人对他们所遭受的折磨感兴趣，在他试图叙述他的悲惨经历时，人们往往只是说“我不知道这一切”，或者“我们的日子也不好过”，或者有些人兴冲冲跑回家想与家人团聚时，才发现人事已非，家人早已不在人世。

如此等等，战后人世间的冷漠和颓废的现实给他们带来的痛苦让他们对自己狱中的坚强意志的价值产生怀疑。在想象中，能支撑着他们活到现在的应该是亲情、正义和同情，而不是漠不关心和冷淡。在某种意义上，这是一种比肉体折磨更为残酷的事实，这一折磨的实质就是：幻灭。

幻灭之可怕也正好证明幻想之美丽。在种种不同的生活环境面前，凡是幻想先行的人往往都是心情愉快的。

幻想是造物主赋予生命的一种原始本能，是保护生命的一种东西。人之有幻想，像蛇之有毒液，像乌贼之有黑水，像狐狸之有臭屁。少年的身体是虚弱的，因此此时的人就需要幻想来帮助支撑生命的压力。如果不是幻想所赋予的美好与未知的神秘感，人可能在少年时代就已经倒地不起。承受能力越来越强了，幻想就离你越来越远。

城市是一种集中着幻想与幻灭的场所。你看城市上空飘摇着欣欣向荣的气象，一副幸福祥和的样子，是因为其中融合无数人的美好幻想，于是城市总是那么积极向上。如果一个身处幻想阶段的人，被人提前挤破了他幻想的空间，剥夺了他幻想的权利，他将是可怕的；无数人被挤破了幻想的空间，世界将是可怕的。

因此，幻想是压力乃至压迫的敌人，而幻灭就是生命乃至秩序的敌人。在个人可控制的物质残缺不全的时候，幻想就像祥云朵朵，填补上这些残缺。因此，凡是有志青年都懂得欣赏彩云。

逆风的香

林清玄

阿难是佛陀的十大弟子之一。

有一天，阿难独自在花园里静坐，突然闻到园中的花，随着黄昏吹来的风，飘过来一阵一阵的花香。

平常有风吹着花香的时候，由于心绪波动，不一定能闻到花香。当心静下来的时候，又不一定有风吹来，所以也嗅不到花香。

那一个黄昏，阿难的心情特别宁静，又是春天——花朵最香的时节；正好春风飒飒，缓缓吹送。在这么多原因的配合下，阿难闻到了有生以来最美妙的花香。

花香围绕着阿难，花香流过他的身心，然后流向不可知的远方。这些花香使阿难从黄昏静坐到夜里舍不得离开，这些花香也使阿难非常感动。

在感动中，阿难宁静的心也随花香飘动起来，他想到了一些从未想过的问题：草木都是开花的时候才会香，有没有不开花就会香的草木呢？花朵送香都限制在一个短暂的因缘，有没有经常芬芳的花朵呢？春花的香飘得再远也有一个范围，有没有弥漫全世界的香呢？所有的花香都是顺风飘送，有没有在逆风中也能飘送的香呢……

阿难想着这些问题，想到入神，竟然使他在接下来的几天无法静心。有一天，阿难又坐在花香中出神，佛陀走过他静坐的地方，就问他："你的心绪波动，到底是为了什么呢？"阿难就把自己苦思而难解的问题请教了老师。

佛陀说："守戒律的人，不一定要开花结果才有芬芳，即使没有智慧之花，也会有芳香。有禅定的心，就不必要在因缘里寻找芬芳，他的内心永远保持喜悦的花香。智慧开花的人，他的芬芳会弥漫整个世界，不会被时节范围所限制。一个透过内在开展戒、定、慧的品质的人，即使在逆境里也可以飘送人格的芬芳呀！"

阿难听了，垂手肃立，感动不已。佛陀和蔼地说："阿难，修行的人不只要闻花园的花香，也要在自己的内心开花——有德行的香。这样，不管他居住在城市或山林，所有的人都会闻到他的花香！"

如果我们的内心就是一个花园，人生的哪一天不是最美的花季呢？

如果我们的内心春风洋溢，人生的哪一个时候不是最好的春天呢？

如果我们有着怜爱、珍惜、欣赏的心，即使在人生的无寸草处行走，也会看见那美丽神奇的一瞥。

所以，花季的时候，不要忘了在自己的心里种花。

幸福意味着自我满足

〔法〕蒙田 蒙克译

自给自足，自己就是一切，这就是幸福最主要的品质。我们无须过多重复亚里士多德的名言：“幸福意味着自我满足。”在商福特那措辞巧妙的话语中也出现过同样的思想：“幸福决非轻易获得的东西，在别处不可能找到，只有在我们身上才能发现。”

当一个人确信自己不能依靠其他任何人时，生活的重负和不利的处境、危险和烦恼就不仅难以计数，还不可避免。

追逐名利，饮酒狂欢，生活奢侈，所有这些都是通往幸福之路的最大障碍。它们会改变我们的生活，使我们享受到种种乐趣、欢快和愉悦，但它们同样也是导致期望和幻想的过程，而不断变幻的谎言将成为其不可避免的附属物。

一个社会必须包括成员之间的互相适应和社会对其成员的制约。这意味着社会的规模越大，越令人乏味。只有一个人独处时，他才是他自己。倘若他不喜欢独处，他便不热爱自由。只有当他孤独无依时，才真正是自由的。社会，常使人感到压抑和紧张，这种压抑感如同社会必然的附属品一样，使人无法摆脱。一个人的独立性越强，越难成为与他人交往关系的牺牲品。

对于独居，是欢迎、忍耐还是逃避，要根据个人价值的大小来决定。当一个人独处时，可怜的人体验到的是他的全部不幸，聪明人喜欢的却是独处的高尚和伟大。每个人都将成为他自己。如果一个人在自然禀赋中居于较高的地位，那么他感到寂寞冷落便是自然而然且不可避免的。如果他周围的环境干扰了这种感觉，那么，这个环境对他就不适宜。如果他不得不会见许多性格迥异的人，他们将会对他施加种种影响，破坏他精神的宁静；他们将使他失去自我，却无法补偿这种损失。

梦想皆有神助

刘燕敏

他是一位匈牙利木材商的儿子，由于从小生得呆笨，人们都喊他“木头”。他也确实名副其实，九岁之前，除了因遵守秩序在学校里获得过一枚玩具螺丝钉外，再没有获得过什么奖励。

十二岁时，他做了一个梦，梦到有位国王给他颁奖，因为他的作品被诺贝尔看上了。当时，他很想把这个梦告诉谁，但又怕被人嘲笑，最后，只告诉了妈妈。

妈妈说，假如这真是你的梦，你就有出息了！我曾听说，当上帝把一个不可能的梦，放在谁的心中时，就是真心想帮助谁完成的。

男孩从来没有听说过梦想和上帝还有这层关系，妈妈说完，他就信以为真了。他想，他真是天下最幸福的人！世界那么大，上帝却一下子就选中了他。为了不辜负上帝的期望，从此他真的喜欢上了写作。

“倘若我经得起考验，上帝会来帮助我的！”他怀着这样的信念开始了他的写作生涯。三年过去了，上帝没有来；又三年过去了，上帝还是没有来。就在他期盼上帝前来帮助的时候，希特勒的部队却先来了。他作为犹太人，被送进了集中营。在那里，数百万人失去了生命，而他却靠着“生存就是顺从”的信念活了下来。

“我又可以从事我梦想的职业了！”他怀着这种心情走出奥斯维辛集中营。1965年，他终于写出了他的第一部小说《无法选择的命运》；1975年，他又写出他的另一部小说《退稿》。

接着他又写出一系列作品。

就在他不再关心上帝是否会帮助他时，瑞典皇家文学院宣布：把2002年的诺贝尔文学奖授予匈牙利作家凯尔泰斯·伊姆雷。他听到后，大吃一惊，因为这正是他的名字。

当人们让这位名不见经传的作家谈一谈他获奖后的感受时，他说：“没有什么感受！我只知道，当你说我就喜欢做这件事、多困难我都不在乎时，上帝就会抽出身来帮助你。”

梦想皆有神助！在新世纪里，伊姆雷成为第一位证明人。预言家说，还会有第二位，就藏在有梦想的人中间。

好日子怎么过

池 莉

都说穷日子难过，我不怀疑这种说法。我过过穷日子。在做知青的时候，常用盐水拌饭吃。那样的夜，非常非常的漫长。知青中的坏孩子说，谁和我去偷老乡的鸡？好孩子们不由自主，纷纷起立。最好的模范知青不起立，小声说："我不去……我留在家里烧开水吧。"坏孩子是真小人，好孩子是伪君子。很惭愧，我是留下来在家里烧开水的。不过不是我要求烧开水，而是大家认为我偷鸡的技术不够好。然而我还是惭愧，我因为自己技术不好而暗自庆幸自己从来没有偷过鸡。可是我还是吃了鸡的，可见我是比较虚伪的。没有过过穷日子的人真是不知道，穷而守志，那太难了。肚子太饿，人就不是人了，是动物。除了想吃，几乎不想别的。

好日子不好过，这还是从前没有想到的。因为什么叫好日子，很难界定。温饱不愁了，还有山珍海味呢！别人能够吃到，我不能够吃到，就不觉得自己的日子好。你有住房了，那边却竖起了别墅；公共汽车不拥挤了，大路上却跑过一辆辆私人的豪华轿车；你开始吃肉了，时尚标榜的却是吃野菜；你穿得整整齐齐了，流行的却是穿得越少越好；你的工资提高了，有人赚的钱却是成百上千万。因此我们的耳朵里，听到的一片声音，都是说：现在的日子真是难过！

好日子是难过得多，好日子弹性太大，物质太多，信息太多，诱惑太多，个人的选择却比穷日子还要少，不是你想要什么就有什么的。而在穷日子里，发自内心的要求就是吃饱肚子。在贵州的偏远山区，到处可以看到，大人和小孩子，只要吃饱了，就会很安详地坐着晒太阳，甜蜜地打盹，万事不挂心，目光温和得如新生的羔羊。穷日子固然难过，但好日子难过的是心情。心情好不起来，吃了什么都白吃。

原来，好日子不仅仅是物质的，更是精神的。好日子是皮囊，须得人为地填充灵魂。这灵魂哪里来？读书得来，修养得来，智慧得来；安静中得来，爱意中得来，松弛中得来；不烦躁的时候得来，不虚荣的时候得来，不贪婪的时候得来；懂得珍惜时间的时候得来，懂得尊重他人的时候得来，懂得维护健康的时候得来。

好日子就在自己的手中，像泥鳅，要有把握的技巧。偏偏就是这个技巧，不是那么容易把握，真叫人难过。

非走不可的弯路

张爱玲

在青春的路口，曾经有那么一条小路若隐若现，召唤着我。

母亲拦住我："那条路走不得。"

我不信。

"我就是从那条路走过来的，你还有什么不信？"

"既然你能从那条路走过来，我为什么不能？"

"我不想让你走弯路。"

"但是我喜欢，而且我不怕。"

母亲心疼地看我好久，然后叹口气："好吧，你这个倔强的孩子，那条路很难走，一路小心！"

上路后，我发现母亲没有骗我，那的确是条弯路，我碰壁，摔跟头，有时碰得头破血流，但我不停地走，终于走过来了。

坐下来喘息的时候，我看见一个朋友，自然很年轻，正站在我当年的路口，我忍不住喊："那条路走不得。"

她不信。

"我母亲就是从那条路走过来的，我也是。"

"既然你们都可以从那条路走过来，我为什么不能？"

"我不想让你走同样的弯路。"

“但是我喜欢。”

我看了看她，看了看自己，然后笑了：“一路小心。”

我很感激她，她让我发现自己不再年轻，已经开始扮演“过来人”的角色，同时患有“过来人”常患的“拦路癖”。

在人生的路上，有一条路每个人非走不可，那就是年轻时候的弯路。不摔跟头，不碰壁，不碰个头破血流，怎能炼出钢筋铁骨，怎能长大呢？

单　纯

〔法〕弗朗索瓦·费奈隆　郑　平 编译

单纯是灵魂中一种正直无私的品质。与真诚比起来，单纯显得更高尚，更纯洁。许多人真挚诚恳，但不单纯。他们怕遭人误解，唯恐自己的形象受到损害。他们时时关注自己，反躬自省，处处斟辞酌句、谨慎小心。在待人接物上他们总担心过头，又怕有所不足。这些人真心诚恳，却不单纯。他们难以同人坦然相处，别人对他们也小心拘谨。他们的弱点在于不坦率、不随意、不自然。而我们则更宁愿同那些谈不上多么正直多么完美，但没有虚情矫饰的人结交相处。这几乎已成为世人的一条准则，上天似乎也以此为标准对人做出判断。上天不希望我们如对镜整容一般，用太多的心思来审视自身。

但是，完全注意他人而放弃自省亦是一种盲目状态。处于这种状态的人只全神贯注于眼前事物以及个人的感官感受，而这正是单纯的反面。下面是两类正好相反的事例：其一是无论效力于同类还是上天，均全身心地忘我投入；另一类是自以为含蓄聪颖，自我意识强烈，而一旦他得意自满的情绪受到外界干扰，便会魂不守舍，心烦意乱。因此，这是虚假的聪明，乍一看冠冕堂皇，实际上与单纯追求享乐的行为同样愚蠢。前者目光短浅，只陶醉于眼前的事物；后者却过分看重自身，陶醉于内心的占有。这两者都充满虚妄。相比起来，只注重内心的冥思苦想比全神贯注于眼前事物更为有害，因为它貌似聪明而实则愚蠢，而且，它常诱人误入歧途，自以为是，引一孔之见为至上光荣。它使我们受着不自然的情绪的支配，让我们陷入一种盲目的狂热，自认为体魄强健，实则已病入膏肓。

单纯需要适度，我们身处其中既不过度激动，亦不过分沉静。我们的灵魂不会因为过于注重外界事物而无暇作必要的内心自审，亦不必时时注重自我，使一心维护个人形象的戒备之心扩张膨胀。要是我们的灵魂能挣脱羁绊，直视伸展的道路，不将宝贵的时间浪费在权衡研究脚下的步伐上，或者对已逝的岁月频频回头，那我们就拥有了真正的单纯。

笑

冰 心

雨声渐渐的住了，窗帘后隐隐的透进清光来，推开窗户一看，呀！凉云散了，树叶上的残滴，映着月儿，好似萤光千点，闪闪烁烁的动着——真没想到苦雨孤灯之后，会有这么一幅清美的图画！

凭窗站了一会儿，微微的觉得凉意侵人。转过身来，忽然眼花缭乱，屋子里的别的东西，都隐在光云里；一片幽辉，只浸着墙上画中的安琪儿——这白衣的安琪儿，抱着花儿，扬着翅儿，向着我微微的笑。

“这笑容仿佛在哪儿看见过似的，什么时候，我曾……”我不知不觉的便坐在窗口下想——默默的想。

严闭的心幕，慢慢的拉开了，涌出五年前的一个印象——一条很长的古道。驴脚下的泥，兀自滑滑的。田沟里的水，潺潺的流着。近村的绿树，都笼在湿烟里。弓儿似的新月，挂在树梢。一边走着，似乎道旁有一个孩子，抱着一堆灿白的东西。驴儿过去了，无意中回头一看——他抱着花儿，赤着脚儿，向着我微微的笑。

“这笑容又仿佛是哪儿看见过似的！”我仍是想——默默

的想。

又现出一重心幕来，也慢慢的拉开了，涌出十年前的一个印象——茅檐下的雨水，一滴一滴的落到衣上来。土阶边的水泡儿，泛来泛去的乱转。门前的麦垄和葡萄架子，都濯得新黄嫩绿的非常鲜丽——一会儿好容易雨晴了，连忙走下坡儿去。迎头看见月儿从海面上来了， 猛然记得有件东西忘下了，站住了，回过头来。这茅屋里的老妇人——她倚着门儿，抱着花儿，向着我微微的笑。

这同样微妙的神情，好似游丝一般，飘飘漾漾的合了拢来，绾在一起。

这时心下光明澄静，如登仙境，如归故里。眼前浮现的三个笑容，一时融化在爱的调和里看不分明了。

宽容是金

罗强

2004年8月23日，雅典奥运会男子单杠决赛正在激烈进行。28岁的俄罗斯名将涅莫夫第三个出场，他以连续腾空抓杠的高难度动作征服了全场观众，但在落地的时候，他出现了一个小小的失误——向前移动了一步，裁判因此只给他打了9.725分。

此刻，奥运史上少有的情况出现了：全场观众不停地喊着“涅莫夫”“涅莫夫”，并且全部站了起来，不停地挥舞手臂，用持久而响亮的嘘声，表达自己对裁判的愤怒。比赛被迫中断，第四个出场的美国选手保罗·哈姆虽已准备就绪，却只能尴尬地站在原地。

面对这样的情景，已退场的涅莫夫从座位上站起来，向朝他欢呼的观众挥手致意，并深深地鞠躬，感谢他们对自己的喜爱和支持。涅莫夫的大度进一步激发了观众的不满，嘘声更响了，一部分观众甚至伸出双拳，拇指朝下，做出不文雅的动作来。

面对如此巨大的压力，裁判被迫重新给涅莫夫打了9.762分。可是，这个分数不仅未能平息观众的不满，反而使嘘声再次响成一片。

这时，涅莫夫显示出了他非凡的人格魅力和宽广胸襟。他

有一条路每个人非走不可，那就是年轻时候的弯路。
不摔跟头，不碰壁，不碰个头破血流，怎能长大呢？

重新回到赛场，举起右臂向观众致意，并深深地鞠了一躬，表示感谢；接着，他伸出右手食指做出噤声的手势，然后将双手下压，请求和劝慰观众保持冷静，给保罗·哈姆一个安静的比赛环境。

涅莫夫的宽容，让中断了十几分钟的比赛得以继续进行。

在那次比赛中，涅莫夫虽然没有拿到金牌，但他仍然是观众心目中的“冠军”；他没有打败对手，但他以自己的宽容征服了观众。

涅莫夫的宽容值得称道。在生活中，出现摩擦、不快和委屈，是常有的事。我们不能以针尖对麦芒，因为怨恨就像是一只气球，越吹越大，最后会膨胀到无法控制的地步。面对怨恨，我们应该不念旧恶，不计新怨，能宽容时就宽容，得饶人处且饶人。

从一个微笑开始

刘心武

又是一年春柳绿。

春光烂漫，心里却丝丝忧郁纠缠，问依依垂柳，怎么办？

不要害怕开始，生活总把我们送到起点，勇敢些，请现出一个微笑，迎上前！

一些固有的格局打破了，现出一些个陌生的局面，对面是何人？周遭何冷然？心慌慌，真想退回到从前，但是日历不能倒翻。当一个人在自己的屋里，无妨对镜沉思，从现出一个微笑开始，让自信、自爱、自持从外向内，在心头凝结为坦然。

是的，眼前将会有更多的变故，更多的失落，更多的背叛，也会有更多的疑惑，更多的烦恼，更多的辛酸。但是我们带着心中的微笑，穿过世事的云烟，就可以学着应变，努力耕耘，收获果实，并提升认知，强健心弦，迎向幸福的彼岸。

地球上的生灵中，唯有人会微笑，群体的微笑构筑和平，他人的微笑导致理解，自我的微笑则是心灵的净化剂。忘记微笑是一种严重的生命疾患，一个不会微笑的人可能拥有名誉、地位和金钱，却一定不会有内心的宁静和真正的幸福，他的生命中必有隐蔽的遗憾。我们往往因成功而狂喜不已，或往往因挫折而痛不欲生，当然，开怀大笑与号啕大哭都是生命的自然悸动，然而我们千万不要将微笑遗忘。唯有微笑能使我们享受到生命底蕴的醇味，超越悲欢。

他人的微笑，真伪难辨。但即使虚伪的微笑，也不必怒目相视，仍可报以一粲；即使是阴冷的奸笑，也无妨还以笑颜。微笑战斗，强似哀兵必胜，那微笑是给予对手的饱含怜悯的批判。

微笑毋庸学习，生而俱会，然而微笑的能力却有可能退化。倘若一个人完全丧失了微笑的心绪，那么，他应该像防癌一样，赶快采取措施，甚至对镜自视，把心底的温柔、顾念、自惜、自信丝丝缕缕捡拾回来。从一个最淡的微笑开始，重构自己灵魂的免疫系统，再次将胸怀拓宽。微笑吧！在每一个清晨，向着天边第一缕阳光；在每一个春天，面对着地上第一株新草；在每一个起点，遥望着也许还看不到的地平线……

相信吧，从一个微笑开始，那就离成功很近，离幸福不远！

别太把自己当回事

尹玉生

布思·塔金顿是20世纪美国著名小说家和剧作家，他的作品《伟大的安伯森斯》和《爱丽丝·亚当斯》均获得普利策奖。在塔金顿声名最鼎盛时期，他在多种场合讲述过这样一个故事：

那是在一个红十字会举办的艺术家作品展览会上，我作为特邀的贵宾参加了展览会。其间，有两个可爱的十六七岁的小女孩来到我面前，虔诚地向我索要签名。

“我没带自来水笔，用铅笔可以吗？”我其实知道她们不会拒绝，我只是想表现一下一个著名作家谦和地对待普通读者的大家风范。

“当然可以。”小女孩们果然爽快地答应了，我看得出她们很兴奋，当然她们的兴奋也使我倍感欣慰。

一个女孩将她的非常精致的笔记本递给我，我取出铅笔，潇洒自如地写上了几句鼓励的话语，并签上我的名字。女孩看过我的签名后，眉头皱了起来，她仔细看了看我，问道：“你不是罗伯特·查波斯啊？”

“不是，”我非常自负地告诉她，“我是布思·塔金顿，《爱丽丝·亚当斯》的作者，两次普利策奖获得者。”

小女孩将头转向另外一个女孩，耸耸肩说道："玛丽，把你的橡皮借给我用用。"

那一刻，我所有的自负和骄傲瞬间化为泡影。从此以后，我都时时刻刻告诫自己：无论自己多么出色，都别太把自己当回事。

生活原本没有痛苦

马 德

法国纪录片《微观世界》中有这样一个场景：

一只屎壳郎，推着一个粪球，在并不平坦的山路上奔走着，路上有许许多多的沙砾和土块，然而，它推的速度并不慢。

在路正前方的不远处，一根植物的刺，尖尖的，斜长在路面上，根部粗大，顶端尖锐，格外显眼。也许是冥冥之中的安排，屎壳郎偏偏奔这个方向来了，它推的那个粪球，一下子扎在了这根“巨刺”上。

然而，屎壳郎似乎并没有发现自己已经陷入困境。它正着推了一会儿，不见动静。它又倒着往前顶，还是不见效。它还推走了周边的土块，试图从侧面使劲——该想的办法它都想到了。但粪球依旧深深地扎在那根刺上，没有任何出来的迹象。

我不禁为它的锲而不舍好笑，因为对于这样一只卑小而智力低微的动物来说，实在是不能解决好这么大的一个“难题”的。就在我暗自嘲笑它，并等着看它失败之后如何沮丧离去时，它突然绕到了粪球的另一面，只轻轻一顶，咕噜——顽固的粪球便从那根刺里“脱身” 出来。

它赢了。

没有胜利之后的欢呼，也没有冲出困境后的长吁短叹。赢了之后的屎壳郎，就像刚才什么也没有发生过一样，它几乎没有做任何停留，就推着粪球急匆匆地向前去了。只留下我这样的观众，在这个场景面前痴痴发呆。

也许在生活的道路上，它已经习惯了这样的场景；也许它活着，根本不需要像人一样， 需要许许多多的“智慧”；也许在它的生命概念中，根本就不懂得赢输。推得过去，是生活；推不过去，也是一样的生活。

由此想来，也许生活原本就没有痛苦。人比动物多的，只是计较得失的智慧，以及感受痛苦的智慧。

快乐的钥匙

洋 洋

专栏作家哈理斯和朋友在报摊上买报纸，朋友礼貌地对报贩说了声谢谢，但报贩却冷口冷脸，没发一言。

“这家伙态度很差，是不是？”他们继续前行时，哈理斯问道。“他每天晚上都是这样的。”朋友说。“那么你为什么还是对他那么客气？”哈理斯问。朋友答：“为什么我要让他决定我的行为？”

每个人心中都有把“快乐的钥匙”，但我们却常在不知不觉中把它交给别人掌管。

一位女士抱怨道：“我活得很不快乐，因为先生常出差不在家。”她把快乐的钥匙放在先生手里。

一位妈妈说：“我的孩子不听话，让我很生气！”她把钥匙交在孩子手中。

男人可能说：“上司不赏识我，所以我情绪低落。”这把快乐钥匙又被塞在老板手里。

婆婆说：“我的媳妇不孝顺，我真命苦！”

这些人都做了相同的决定，就是让别人来控制自己的心情。

当我们容许别人掌控我们的情绪时，我们便觉得自己是受害者，于是，抱怨与愤怒成为我们唯一的选择。我们开始怪罪他人，并且传达一个信息：“我这样痛苦，都是你造成的，你要为我的痛苦负责！”

这样的人使别人不喜欢接近，甚至望而生畏。

一个成熟的人能握住自己快乐的钥匙，他不期待别人使他快乐，反而能将自己的快乐与幸福带给周围的人。

我们身处的地方，不论是环境、人、事、物都很容易影响我们的情绪，可是千万别忘了，决定快乐的钥匙，只在你自己手中！

人生的意义

〔美〕迈克尔·约瑟夫森 杨小波 译

不管你是否准备好，有一天一切都会结束。不再有旭日东升，不再有灿烂白昼，不再有一分一秒的光阴。你收藏的一切，不论是弥足珍贵的还是已经忘记的，都将留给别人。

你的财富、名望和世俗的权利都将变成细枝末节的事情，不管你拥有的还是亏欠的，都不再重要。你的嫉恨、冤仇、挫败和妒嫉之心终将消失。

同样，你的希望、雄心、计划和未竟之事都将终止。曾经无比重要的成败得失也将褪色。

你来自哪里，用什么方式生活都不重要了。

你是貌美如花还是才华横溢也不重要了。你的性别、肤色、种族都无关紧要了。

那么什么变得重要了呢？你有生之日的价值怎么来衡量呢？

重要的不是你所买到的，而是你所创造的。

重要的不是你所得到的，而是你所付出的。

重要的不是你的成功，而是你的价值。

重要的不是你学到的，而是你传授的。

重要的是你的每一次正直、怜悯、勇敢和牺牲之行为能够使人充实，让人强大或是能够激励他人，让他们以你为榜样。

重要的不是你的能力，而是你的性格。

重要的不是你认识多少人，而是在你离开时，有多少人感到这是永久的损失。

重要的不是你的记忆，而是爱你的人的记忆。

重要的是你为人所怀念的时间有多长，重要的是谁在怀念你，重要的是他们为什么要怀念你。

让我们的一生不是因为偶然而变得重要，不是因为环境而变得重要。而是我们自己的选择，选择让自己的生命有意义！

天使的吻痕

〔美〕詹姆斯·摩尔 荣素礼 编译

大学时代，我认识了一个年轻人，他脸上有一块巨大而丑陋的胎记。紫红的胎记从他的左侧眼角一直延伸到嘴唇，好像有人在他脸上竖着划了一刀。英俊的脸由于胎记而变得狰狞吓人。但外表的缺陷掩盖不了这个年轻人友善、幽默、积极向上的性格，凡是和他打过交道的人，都会不由自主地喜欢上他。他还经常参加演讲。刚开始，观众的表情总是惊讶、恐惧，但等到他讲完，人人都心悦诚服，场下掌声雷动。每当这时，我都暗暗叹服他的勇气。那块胎记一定曾带给他深深的自卑，并不是每个人都能克服这么严重的心理障碍，在众人惊疑的目光里言谈自如。

我们成为最好的朋友后，有一天，我向他提出了藏在心里的疑问："你是怎么应付那块胎记的呢？"我言下之意是：你是怎么克服那块胎记带给你的尴尬和自卑的？他的回答我一辈子也不会忘记。

他说："应付？我向来以它为荣呢！很小的时候，我父亲就告诉我，'儿子，你出生前， 我向上帝祷告，请他赐给我一个与众不同的孩子，于是上帝给了你特殊的才能，还让天使给你做了一个记号。你脸上的标记是天使吻过的痕迹，他这样做是为了让我在人群中一下子就能找到你。当看到你和别的婴儿一起睡在婴儿室里时，我立刻知道，你是我的！’”

他接着说：“小时候，父亲一有机会就给我讲这个故事，所以我对自己的好运气深信不疑。我甚至会为那些脸上没有红色‘吻痕’的孩子难过。我当时以为，陌生人的惊讶是出于羡慕。于是我更加积极努力，生怕浪费上帝给我的特殊才能。长大以后，我仍然觉得父亲当年没有骗我：每个人都从上帝那儿得到特殊的才能，而每个孩子对父母来说都是与众不同的。而正因为有了这块胎记，我才会不断奋斗，取得今天的成绩，它何尝不是天使的吻痕、幸运的标记呢！”

最不准的天平

刘洪涛

这个世界上最不准的天平是称量自己得失的天平。

我朋友的姑夫是一位农民，却说了一段一直深深影响着他的话。

“我们很多人和别人交往，总觉得自己吃亏了，但实际上，旁人看来，你们彼此得失相当，你既没吃亏也没占便宜。如果你觉得自己不亏也不赚，那么旁人看来，你一定占便宜了；如果你觉得自己占便宜了，而对方没有跳起来，那么要么对方很伟大，要么你很伟大！”

在这位智慧的农民悟出这个看似简单的道理很多年之后，张瑞敏发明了他的“鸵鸟理论”：一个人在评价自己的能力和贡献的时候总觉得自己是鸵鸟，别人是鸡。若有一天他有幸看到真的鸵鸟的时候，他会说，噢，这只鸡比我大一点！

张瑞敏没有读过管理学的博士，但他的企业却管理得很成功。所以他的话大抵我都很信服，超越了我对书本的信服程度，因为毕竟实践是检验真理的唯一标准。“鸵鸟理论”便是被我验证了的。下面的例子，你也可以用来进行你的验证：

如果有两个人下棋，不管象棋、围棋，你站在边上看，发现他们旗鼓相当，下了 7 盘， 可能一个人赢了 3 盘，另一个人赢了 4 盘，用统计学来看他们的水平也确实旗鼓相当。但如果你分头问他们，他们都一定觉得自己比对手水平高，如果自己不是某地方不小心，肯定赢得多！

如果两个人打球，不管是乒乓球还是羽毛球，你站在边上看，发现他们输赢差不多，水平不相上下。但如果你问他们，他们一定觉得自己水平更高点，如果自己不是昨天没睡好，肯定把对手打趴下了！

你去观察你熟悉的两个同事，你确认他们水平差不多，你可以了解一下他们对自己的看法，他们大抵都会认为自己能力更强一些。除非其中一个确实差得很多，多到了鸡和真的鸵鸟的差别，否则，他是不会觉得自己差一点的。

环顾你的四周，你看看有几个人能认为自己所得比自己付出的多？哪怕是认为自己所得和自己付出基本相当的都没有几个人！

社会学中有一个“归因理论”，是说一个人常常把自己的成功归为自己的努力，常常把自己的失败归咎于运气不好。这个理论和“鸵鸟理论”有异曲同工之妙，也可以有很多的事例验证。

数年来，朋友姑夫的那段话也时刻提醒着我，在和人相处时，在评判个人得失时，在个人的天平上的所得端一定要再加上一块砝码，在所失端一定要减去一块砝码。

阿西莫夫的故事

赵 翔

阿西莫夫是美籍俄国人，世界著名的科普作家。他曾经讲过这样一个关于自己的故事：

阿西莫夫从小就很聪明，年轻时多次参加“智商测试”，得分总在 160 左右，属于“天赋极高”之人。有一次，他遇到一位汽车修理工，是他的老熟人。

修理工对阿西莫夫说：“嗨，博士，我来考考你的智力，出一道思考题，看你能不能回答正确。”阿西莫夫点头同意。修理工便开始说题：“有一位聋哑人，想买几根钉子，就来到五金商店，对售货员做了这样一个手势：左手食指立在柜台上，右手握拳做出敲击的样子。售货员见状，先给他拿来一把锤子。聋哑人摇摇头。于是售货员就明白了，他想买的是钉子。”

“聋哑人买好钉子，刚走出商店，接着进来一位盲人。这位盲人想买一把剪刀，请问：盲人将会怎样做？”

阿西莫夫顺口答道：“盲人肯定会这样——”他伸出食指和中指，做出剪刀的形状。

听了阿西莫夫的回答，汽车修理工开心地笑起来：“哈哈，答错了吧！盲人想买剪刀，只需要开口说‘我买剪刀’就行了，他干吗要做手势呀？”

阿西莫夫只得承认自己的回答很愚蠢。而那位修理工在考问他之前就认定他肯定要答错，因为阿西莫夫“所受的教育太多了，不可能很聪明”。

由此看来，影响创意思维素质的因素是多方面的，我们平时经常强调教育对创意的意义，其实，除了教育之外，还有不少别的因素值得我们探讨。分数的高低并不是决定智力的一切，当然更不能决定一个人的未来。

风暴之夜你能否安眠

刘俊成 编译

从前有一位农场主，在大西洋岸边耕种一块土地。他总是不断地张贴雇用人手的广告， 可还是很少有人愿意到他的农场工作，因为大西洋上的风暴总是摧毁沿岸的建筑和庄稼。直到有一天，一个又矮又瘦的中年男人找到农场主应聘。

“你会是一个好帮手吗？”农场主问他。“这么说吧，即使是飓风来了，我都可以睡着。”应征者得意地回答。

虽然这听上去有点狂妄，农场主心里也有点怀疑，但是农场主还是雇用了这个人，因为他太需要人手了。

新来的长工把农场打理得井井有条，每天从早忙到晚，农场主十分满意。不久后的一天晚上，狂风大作。农场主跳下床，抓起一盏提灯，急急忙忙地跑到隔壁长工睡觉的地方，使劲摇晃睡梦中的长工，大叫道：“快起来！暴风雨就要来了！在它卷走一切之前把东西都拴好！”

长工在床上不紧不慢地翻了个身，梦呓一样地说：“不，先生。我告诉过你，当暴风雨来的时候，我也能睡着。”农场主被他的回答气坏了，真想当场就把他解雇了。

农场主强压着火气，赶忙跑到外面，一个人为即将到来的暴风雨做准备。不过令他吃惊的是，他发现所有的干草堆都早已被盖上了焦油防水布，牛在棚里，鸡在笼中，所有房间门窗紧闭，每件东西都被拴得结结实实，没有什么能被风吹走。农场主这时才明白长工的话是什么意思。

这个长工之所以能够睡得着，是因为他已经为农场平安度过风暴做好了准备。如果你在精神、心理、身体等方面做好了准备，那么就没有什么东西可以令你害怕了。当风暴吹过你的生活的时候，你能睡得着吗？

永远 25 岁

闫丘露薇

从小大人就告诫我，做人要有礼貌，其中的一条就是不要随便问别人的年龄，特别是女性。不过身为女人，自己从来不介意别人问年龄，每次都老老实实告诉对方，当别人说真看不出来——不管对方是真心还是客气，我都会照单全收，美美地开心一下。

后来发现，在我的身边，和我一样从来不把年龄当成秘密的人很多，特别是在香港，虽然有的艺人会说我永远 25 岁，但是他们从来不会刻意避讳自己的年龄。很多时候你会发现，虽然他们远远超过了 25 岁，但是又真的像是 25 岁。

其实年龄并不重要，重要的是自己的心态。一个星期天，我和香港的一帮好朋友一起， 带着孩子们，浩浩荡荡地去公园里聚会。我们 4 个妈妈谈着自己的工作、生活，孩子们则在一边玩各种游乐设施。不过 4 个孩子不是每人都一样灵敏，有的就是爬不上单杠，于是我们这几个做妈妈的，马上来了一次演示，特别是其中的一个，从小学过体操，便使用专业的方法练起单杠，让孩子们，还有在一边的那些十五六岁的后生，都不禁 “哇”的一声。

静下来想想，我们这4个妈妈都三十好几快四十的人了，在很多人的眼中，在公园里这个样子，实在有点不太符合自己的年龄和身份。

其实问题就出在这里。社会上为不同的年龄设定了不成文的一些规矩，在什么样的年龄就应该做什么样的事情，甚至连什么年龄应该穿什么样的衣服、留什么样的发型，也有了一定的模式。于是很多人不自觉地，到了怎样的年龄，就去做怎样的事情。

很多人说，香港人很难看出实际的年龄。这是真的。很多香港的男生，40岁了，看上去还像是20多岁刚从学校毕业的样子；30多岁的女生，还穿着满身的Hello Kitty。大家做的是自己想做和喜欢做的事情，没有想过是不是适合自己的年龄这个问题。永远25岁，并不是要在大家面前装嫩，而是自己的心境真的一直保持在年轻的状态。

有一句话：相由心生。我觉得很有道理，心理保持年轻活力，不那么沉甸甸的，人也就看上去年轻了很多。很多女人担心衰老，过了30岁，就害怕40岁的到来。我自己倒从来没有什么年龄的概念，我知道自己多大，也会告诉别人，但是从来不去想它意味着什么，所以对于年龄这个数字概念，从来没有恐慌过。

生理的衰老必须承认和面对，我们所能做的，就是让这种衰老来得慢一点点。但是心理衰老的快慢却是我们自己可以掌握的。

与你无关吗

〔日〕三浦绫子

社会上曾流行一句话:“与你无关。”这是我不喜欢的一句话，是一句粗鲁、冷漠的话。

也许有些夸大，但我还是要说，世上所有的人可能都与你有关。我还在念小学时，听到一则难忘的故事:

一位富家小姐在车内吃香蕉，发现香蕉腐烂不能吃，便随手扔到车窗外面。某穷人家的孩子经过那里，拾起那香蕉来吃，结果这孩子吃坏了肚子，发烧了。当天晚上，富家小姐父亲的工厂发生火灾,物品全部被烧毁。因为当夜值班的警卫临时离开，他离开是因为他的孩子吃了捡的香蕉发烧了。

这则故事使当时的我深深感到，人与人之间的关系比我们想象的更加密切。

这当然是为少男少女写的故事，因果关系明显。但事实上，我们在日常生活中与别人的关系不都是如此紧密吗?

媒体经常报道车祸发生的消息。车祸的原因很多，与妻子吵架，在气头上开快车，待紧急刹车时，幼童已成了轮下的牺牲者……孩子与生身父母关系密切，但与夺取其性命的陌生人又何尝不是密切到可怕的程度?想到这些，我们就不能认为自己与这人不相干、与那人没有关系了吧?

那年应邀到台湾演讲、旅行三周，然而，我的父亲突然发病，我不得不取消台湾之行。

在取消台湾之行后没几天，有人来找我倾吐心事。我极为同情地倾听对方的叙述，尽我所能地予以开导、规劝、安慰。对方情绪终于渐渐稳定下来，最后他说："假使今天没有和你倾谈，我本来已经打算带着孩子，开车从悬崖上冲向山谷。"

我不由得不寒而栗。假使我的父亲身体健康，这时候我正在台湾，这人或许已带着两个孩子开车冲向山谷了。此人和我的父亲没有什么关系，但从另一个角度说，我父亲发病救了他一家三口的性命。

这事再度使我感到人与人的关系是何等紧密。我们绝不能断言"我是独自活下来的"，"我绝不会麻烦别人"，"我不需要人们的帮忙"……不论对任何人，我们都该保持谦和诚恳的态度。完全陌生的人也可能突然变成关系密切的人，更何况亲人、师友，关系更加深刻、复杂，不是我们所能预知的。个人虽微小，但一个人的生活态度会影响许多人的命运。

建造沙城

艾 兰 编译

烈日下，海风散发着咸咸的味道，海浪有节奏地拍打着海岸。

一个小男孩跪着用塑料铲子将沙子铲起来，装到一个鲜亮的蓝色桶里。接着，他把桶倒扣在地上，再拎起桶。怀着小建筑师的快乐，整个下午，他都要工作。挖出护城河，建起城墙，瓶子的顶部将成为岗哨，冰棍棒将是桥梁。一座沙城将要造成。

大城市里，街道是繁忙的，交通是嘈杂的。一个男人坐在他的办公室里。他把文件理成一堆堆放在桌上，分配着任务。他把电话架在肩上，用手指敲打着键盘，修改着数字，签署着合同。男人很高兴，利润获得了。

他将会一生工作，明确地阐述计划，对未来做出预测。 养老金就是岗哨，资产所得就是桥梁，一个王国将被建成。

两个城堡的两个建造者，他们有很多共同之处。他们将细微的颗粒建成辉煌的建筑，他们看不到什么，只知道建些什么。他们都是勤勉而怀着坚定的决心的。而对他们两个都一样的是：潮水将会涨起，而最终的结果终将到来。但从此时开始，他们的相似之处就结束了， 因为男孩早看到了结局，而男人却忽略了它。观察那个男孩，当黄昏来临，波浪临近，智慧的男孩跳着，开始拍手。没有悲伤，没有恐惧，没有遗憾。他并不惊奇。当伟大的破坏者撞向他的城堡，当他的杰作被大海淹没时，他微笑着。他微笑着拾起他的工具，牵着父亲的手， 回家了。

而这个成人却不是如此智慧。当岁月的波涛冲毁他的城堡时他是恐惧的。他徘徊在沙制的纪念碑前，保护着它。他用他建造的城墙阻挡着波浪。海水浸湿了城墙，他颤抖着怒骂涌入的潮水。

“这是我的城。”他反抗着。

海水不需要回答，海与人都知道沙属于谁。

我对沙城所知不多，但孩子们却知道。看看他们，学习他们。向前走，去建造城堡，但以孩子的心去建造。当太阳下山，潮水涌来时——拍手喝彩，向生命的过程敬礼，然后回家。

幸福的秘密

〔巴西〕保罗·科埃略 孙成敖 译

有位商人，把儿子派往世界上最有智慧的人那里，去讨教幸福的秘密。这位少年历尽艰辛，走了 40 天终于找到了智者那美丽的城堡。

我们的主人公走进了城堡，没有遇到一位圣人，相反，却目睹了一个热闹非凡的场面：商人们进进出出，每个角落都有人在进行交谈，一支小乐队在演奏轻柔的乐曲，一张桌子摆满了那个地区的美味佳肴。智者正一个个地同所有的人谈话，所以少年必须要等上两个小时才能轮到。

智者认真地听了少年所讲的来访原因，但说此刻他没有时间向少年讲解幸福的秘密。他建议少年在他的宫殿里转上一圈，两个小时后再来找他。

“与此同时我要求你办一件事，”智者边说边把一个汤匙递给少年，并在里面滴进了两滴油，“当你走路时，拿好这个汤匙，不要让油洒出来。”

少年开始沿着宫殿的台阶上上下下，眼睛始终盯着汤匙不放。两个小时之后，他回到了智者面前。

“你看到我餐厅里的波斯地毯了吗？看到园艺大师花了十

年心血创造出来的花园了吗？注意到我图书馆那些美丽的羊皮卷文献了吗？”智者问道。

少年感到十分尴尬，坦率承认他什么也没看到，他当时唯一关注的只是智者交付给他的事，即不要让汤匙里的两滴油洒出来。

“那你就转回去见识一下我这里的种种珍奇之物吧，”智者说道，“如果你不了解一个人的家，你就不能信任他。”

少年轻松多了，他拿起汤匙重新回到宫殿里漫步。这一次他注意到了天花板和墙壁上悬挂的所有艺术品，观赏了花园和四周的山景，看到了花儿的娇嫩和每件艺术品都被精心摆放在恰当的位置上。当他再回到智者面前时，少年仔细地讲述了他所见到的一切。

“可是我交给你的两滴油在哪里呢？”智者问道。

少年朝汤匙望去，发现油已经洒光了。

“那么，这就是我要给你的唯一忠告，”智者说道，“幸福的秘密在于欣赏世界上所有的奇观异景，同时永远不要忘记汤匙里的两滴油。”

黄铜的幽默

余秋雨

斯洛伐克与捷克分家后，首都设在布拉迪斯拉发，一个在我们嘴上还没有读顺溜的地名。沿途景象表明，这里还相当贫困。

两位同伴上街后回来说："快去看看，人家毕竟是欧洲！"

欧洲是什么？我在街上寻找。是灰墙巴洛克？是阳伞咖啡座？是尖顶老教堂？突然我肃然停步：路边一个真实的地下井口的铁盖已经打开，正有一个修理工人慢悠悠地伸头爬将出来，而这一切其实是一尊街头雕塑。

初见到它的行人都会微微一惊，在辨别真假的过程中发现幽默，然后愉快地轻步绕过。

这种幽默陈之于街市，与前后左右的咖啡座达成默契，这种默契订立已久，因此浇铸它的不是闪亮的钢铁而是古旧的黄铜。

其实即使不是街头雕塑，欧洲也处处可见这种阻碍人们快速行走的调侃和从容。

于是我可以找到词句来概括欧洲了。所谓欧洲，就是用古旧的黄铜雕塑铸于街市的闲散和幽默。

斯洛伐克长久以来生存状态不佳，而居然也能保留住这种深层的风度，我看有一半应归功于艺术家。艺术家奉献了这样的雕塑，而他们自己就像雕塑中的修理工人，一直默默地钻在地下，疏通着欧洲文明的管脉。

爱　着

张玉庭

“爱不仅使爱者尊严高贵，而且使被爱者尊严高贵。”纪伯伦说。

当我们经历爱、体验爱、心中涌动爱时，心便因为爱而博大、而广阔、而温柔、而激情洋溢、而馨香弥漫。因此，情感将得到升华，心灵将得到净化，生活将被引向崇高。

爱着，便有按捺不住的热情向往，便有牵扯情怀的无限眷恋。便如白帆张开，凌波踏浪而去；便如满月凌空，清辉盈宇而来。

爱着，看山，山有情；看水，水有意；看人，人美丽。入眼的景观，风丝柳片，草木花卉，枝枝叶叶总关情；雁归故里，鸟鸣深谷，羽翼声来，片片声声总动弦；细雨微扬，雨后初霁，丝丝线线总撩人。

爱着，是一种与自然的和谐，是一种理解了的和谐，是一种贴近，是一种深入。大千世界在爱的包容下，注入了心跳，输进了滚烫的血液。

爱着，超越了痛苦，使痛苦美丽；穿过忧伤，使忧伤美丽。它使仇恨更深刻，使愤怒更急迫。爱的呼唤之热烈，是对真善美呼唤的热烈；爱的仇恨之激扬，是对假恶丑愤懑之激扬。爱使人生更真实有力度，使爱更伟大。爱着，爱便是舟楫，是帆，是桥，将你从此岸送到彼岸，让你走向纯洁和成熟，走向美好的未来。爱不仅是力量，而且是手段和方式。

爱着，是诗，是歌，是舞蹈，也是彩虹、梦幻。驾一朵爱的祥云，飞越万水千山，便不惧关山阻隔、汪洋腾浪，自由徜徉于天地之间，奏响的都是黄钟大吕。

当人爱着的时候，爱使人朝阳般升起。温柔的恋情满怀的时候，便是世界如花朵般开放的时候，便是自己簇新簇亮复活和新生的时候。

爱，人类最美好的情感，是无比芳醇的精神体验，有爱的时候，便如饮玉液琼浆般醉着，美丽而飘逸。爱着，爱或者被爱，都将有尊严而且高贵。

落叶不只在秋天

邓 皓

很小的时候，就知道“落叶知秋”的道理，似乎那满树的葱绿，一到秋天就该自自然然地消失殆尽了。于是，一直相信生命的自然消亡总是一种无憾，譬如一棵树走进秋天后那树叶无可奈何地凋零。

偶然的一个夏日，独自一个人去一片小树林散步。有一片树叶轻盈地落入我的发际，接过来是好碧绿的一片。心头便掠过一丝惊惧：原来一片葱郁的树叶居然会在夏天陨落，落叶不只是在秋天啊！

原以为生命年轻的时候，就像散步时一段很长的路可以慢慢去走，一段很可心的音乐可以反反复复地听，很少去想该特别地抓紧些什么，抑或特别地去珍惜些什么。很多东西是挥霍了，很多东西是放弃了，譬如光阴譬如爱情譬如理想譬如事业。看看阳光下尚健步如飞的身影，居然无悔。大凡把生命看作一种天然完善的过程，那年轮便是在慢慢地缝合着，活着便是一种被动而不是能动。这种人不会用很短的时间去创造些什么，而是花很多的时间去等待些什么。年轻的时候，如果认为生命是一次遥远的旅行，经得起漫不经心的耽搁，有如一片夏日的树叶悠闲地注视秋天，那么，姑且不说这是一种庸碌，至少，我敢说这样的生命不会有什么奇迹发生，或者在应该发生奇迹的年龄没有奇迹发生。

一片树叶完全可以在春来之前萌绿，亦可在秋去之后凋零，这才是生命真正的延续。如果愿意，人的生命也可以是这样。

心的影子

林清玄

我相信命理，但我不相信在床脚钉四个铜钱就可以保证婚姻幸福，白首偕老。

我相信风水，但我不相信挂一个风铃、摆一个鱼缸就可以使人财运亨通、官禄无碍。

我相信人与环境中有一些神秘的对应关系，但我不相信一个人走路时先跨左脚或右脚就可以使一件事情成功或失败。

我相信除了人，这世界还有无数的众生与我们共同生活，但我不相信烧香拜拜就可以事事平安，年年如意。

我相信人与人间有不可思议的因缘，但我不相信不经过任何努力，善缘就可以成熟；不经过任何奋斗，恶缘就能够消失。

我相信轮回、因果、业报能使一个人提升或堕落，但我不相信借助于一个陌生人的算命和改运，就能提升我们，或堕落我们。

我也相信上帝与天神能对人有所助力，但我不相信光靠上帝和天神可以使我们进入永恒的天国，或因不信，就会使我们落入无边的地狱。

这些相信与不相信，是缘于我知道一切命运风水只是心的

这是个制造离散的时代，列车频频靠站又开走，
卸下一批乘客到月台上，又从月台上载起另一批。

影子，一切际遇起落也只是心的影子。心水如果澄澈，什么山水花树在上面都是美丽的；心水如果污浊，再美丽的花照在上面也只是污秽的东西。

因此，改造命运的原理是要从心做起，而改造命运的方法是进入正法，不要落入外道。“心内求法就是正法，心外求法即是外道”，迷信也是如此，想透过外缘的攀附来改变命运就是迷信，只有回来从内心改变才是正信——所以迷信不应指命运、风水、鬼神等神秘的事物，迷信是指心被向外追求的意念所障蔽和迷转了。

佛经里说：“佛能空一切相，成万法智，而不能灭定业。”佛不能灭的定业，谁能灭呢？只有靠自己了。《金刚经》也说：“若以色见我，以音声求我，是人行邪道，不道见如来。”什么才能见如来呢？心才能见如来，所以应先求自己的心。

一个人的心如果澄净了，就日日是好日，夜夜是清宵，处处是福地，法法是善法，那么，还有什么能迷惑、染着我们呢？

月　台

艾雯

是起点也是终点，

是开始也是结束，

是欢聚也是离散，

是出发也是归宿。

从来没有一个地方，能汇集如许人流量；从来没有一个地方，能拥有如许悲欢离合。

从清晨到白昼，从黄昏到夜晚，从黑夜到黎明，数不清的脚印带着来自各地的泥土，重重叠叠，密密麻麻踩上去。有红色的土来自山间，有褐色的土来自田野，有黑色的土来自城市，有白色的土来自海滨。聚拢又散失，堆积又泻落，没有一粒种子能在这里生根，如同没有一双脚步会在这里驻留。缘因——

这只是流动的浮土，

这仅是过往的月台。

月台延展在任何一个城与城交接的地点，守望在任何一个城镇的边缘。它只是默默地伫立，纷扰不停的是人们，为生活、为名利、为野心、为梦想……来来去去，忙忙碌碌。这是个制造离散的时代，列车频频靠站又开走，卸下一批乘客到月台上，又从月台上载起另一批。来的脚步掩盖了去的脚印，去的脚步也覆盖了来的脚印。轻快的脚步播撒着欢聚的愉悦，沉重的脚步载负着如许离愁；从容的脚步踱向预定的目标，匆忙的脚步显示心情的迫切；迟缓的脚步缠绕于厌倦，悠闲的脚步只为一次探访。也有犹疑不稳的脚步，属于那迷失了自己的旅客。

多少次，我也曾被卸在月台上，多少次，我也曾从月台离去，我不知道自己的脚步又显示出什么？近年来，别离总多于团聚，失望总多于获得。寂寞、惆怅和一份深沉的苍凉，常是我密切的旅伴。离去不是离去，心仍萦系于亲情；归来不是归来，浮土又焉能扎根？

人生旅程中有无数的月台，生命旅途中有无数的驿站。所有的台和站，只是供中途小憩，只是供转车再出发。别长期滞留，滞留不是宁静，将使灵魂腐蚀；别长期停顿，停顿不是安宁，将使生命萎靡。

是起点，但愿不是终点；

是开始，但愿不是结束；

是出发，归宿尚待寻求；

是离散，欢聚当可期待。

携着轻便的行李——装满信心和小小的愿望，我随时准备踏上人生的月台，只等待时间的列车来到，出发再出发！

人生如诗

林语堂 乌日娜 译

我以为，从生物学角度看，人的一生恰如诗歌。人生自有其韵律和节奏，自有内在的成长与衰亡。人生始于无邪的童年，经过少年的青涩，带着激情与无知、理想与雄心，笨拙而努力地走向成熟。后来人到壮年，经历渐广，阅人渐多，涉世渐深，收益也渐大。及至中年，人生的紧张得以舒缓，人的性格日渐成熟，如芳馥之果实，如醇美之佳酿，更具容忍之心。此时处世虽不似先前那么乐观，但对人生的态度趋于和善。再后来就是人生迟暮，内分泌系统活动减少。若此时吾辈已经悟得老年真谛，并据此安排残年，那生活将和谐、宁静，安详而知足。终于，生命之烛摇曳而终熄灭，人开始永恒的长眠，不再醒来。

人们当学会感受生命韵律之美，像听交响乐一样，欣赏其主旋律、激昂的高潮和舒缓的尾声。这些反复的乐章对于我们的生命都大同小异，但个人的乐曲却要自己去谱写。在某些人心中，不和谐音会越来越刺耳，最终竟然能掩盖主曲；有时不和谐音会积蓄巨大的能量，令乐曲不能继续，这时人们或举枪自杀或投河自尽。这是他最初的主题被无望地遮蔽，只因他缺少自我教育。否则，常人将以体面的运动和进程走向既定的终点。

在我们多数人胸中常常会有太多的断奏或强音，那是因为节奏错了，生命的乐曲因此而不再悦耳。我们应该如恒河，学她气势恢宏而豪迈地缓缓流向大海。

人生有童年、少年和老年，谁也不能否认这是一种美好的安排。一天要有清晨、正午和日落，一年要有四季之分，如此才好。人生本无好坏之分，只是各个季节有各自的好处。如若我们持此种生物学的观点，并循着季节去生活，除了狂妄自大的傻瓜和无可救药的理想主义者，谁能说人生不能像诗一般度过呢？莎翁在他的一段话中形象地阐述了人生分七个阶段的观点，很多中国作家也说过类似的话。奇怪的是，莎士比亚并不是虔诚的宗教徒，也不怎么关心宗教。我想这正是他的伟大之处，他对人生秉着顺其自然的态度，他对生活之事的干涉和改动很少，正如他对戏剧人物那样。莎翁就像自然一样，这是我们能给作家或思想家的最高褒奖。对人生，他只是一路经历着、观察着离我们远去了。

你有没有虚度此生

李荷卿 编译

那个星期天是一个寒冷的冬日。教堂的停车场很快就停满了汽车，当我走出我的汽车时， 我注意到我的教友们正一边向教堂走去一边低声议论着什么。当我走近时，看见一个男人正斜靠着教堂外面的墙壁躺在地上，好像睡着了似的。他上身穿着一件几乎已经破成碎片的军用防水短上衣，头上戴一顶破帽子，那顶帽子被拉下来遮住了他的脸。他的脚上穿着一双看起来差不多有三十年历史的旧鞋子，而且对他来说，那双鞋子也太小了，上面还布满了破洞，他的脚趾头都露在了外面。

我猜这个男人是一个无家可归的流浪汉。我继续朝前走进了教堂。我和我的教友们寒暄了一会儿，然后，有人提到了那个正躺在外面的男人。人们窃笑着，闲谈着，但是没有一个人请他进到教堂里来，包括我。过了一会儿，讲道开始了。我们全都等待着牧师走到讲道坛上去，给我们讲道。就在这时，教堂的门开了。

进来的不是别人，正是那个无家可归的流浪汉。他低着头沿着走廊向前走去。人们屏着气，低声议论着，做着鬼脸。他步履蹒跚地走过走廊，登上讲道坛，脱掉了他的帽子和上衣。

我的心沉了下去，前面站着的正是我们的牧师——那个“无家可归的流浪汉”。没有人说话。牧师拿出他的《圣经》，放到讲台上。“教友们，我想，不用我说，你们也知道我今天要讲什么内容了吧。”然后，他就开始唱下面这首歌：

如果在我经过的时候，我能帮助别人；

如果我能用一个字或者一首歌鼓励别人；

如果我能在别人犯错的时候为他指出来；

那我就没有虚度此生。

美丽的微笑与爱心

〔塞尔维亚〕特蕾莎

穷人是非常了不起的。一天晚上，我们外出，从街上带回了四个人，其中一个情况十分危险。于是我嘱咐修女们："你们照料其他三个，这个情况较糟的由我来照顾。"就这样，我为她做了我所能做到的一切。我将她放到床上，看见她脸上露出了美丽的微笑。她抓住我的手，只说了句"谢谢您"就死了。

我情不自禁地在她面前审视起自己的良知。我问自己：如果我是她的话，我会说些什么呢？答案很简单，我会尽量引起别人对我的关注，我会说我饿、我冷、我疼、我要死了等等。但她给我的却多得多，她给了我她的感激之情，她死时脸上带着微笑。我们从污水沟带回的那个男子也是如此。当时，他的半个身子几乎被虫子咬坏，我们把他带了回来。"在街上，我一直像个动物一样地活着，但我将像个天使一样地死去，有人爱，有人关心。"真是太好了，我看到了他的伟大之处，他竟能说出这样的话。他就那样死去，不责怪任何人，不诅咒任何人，像天使一样——不与任何人攀比。这便是我们人民的伟大之处。"我饥肠辘辘，我衣不蔽体，我无家可归，我不为人需要、不为人所爱，也不为人所关心。然而，你却为我做了这一切。"

我想，我们算不上真正的社会工作者。在人们眼中，我们或许是在做社会工作；但实际上，我们真的只是世界中心的修行者。我想，在我们的大家庭里，不需要用枪支和炮弹破坏和平或带来和平。我们只需要团结起来、彼此相爱，将和平、欢乐以及家庭每位成员生命的活力都带回世界。这样，我们就能战胜世界上存在的一切罪恶。

我准备用我所获得的诺贝尔和平奖奖金为那些无家可归的人建设家园，因为我相信，爱源自家庭。如果我们能为穷人建设家园，爱便会传播得越来越广。而且，我们将通过这种宽容、博大的爱带来和平，并使之成为穷人的福音。首先为我们自己家里的穷人，其次为我们国家、为全世界的穷人。

今天的世界仍然充满苦难……当我从街上带回一个饥肠辘辘的人时，给他一碗饭、一片面包，就能使他心满意足，就能驱除他的饥饿。但是，如果一个人露宿街头，感到不为人需要、不为人所爱、被社会抛弃，这样的贫困让人心痛、令人无法忍受。因此，让我们永远以微笑相见，因为微笑就是爱的开端，一旦我们开始彼此自然而然地相爱，我们就会想着为对方做点什么。

日落与人生

李白菜 编译

如果你不记得你上一次观赏夕阳西下的情景，就请去观看今日傍晚的日落吧。没有什么东西能比观看日落更快地将你与大自然的爱和欢乐相连，无论这日落是在群山之巅、大洋之中、沙漠或草原之上，还是城市的上空。每一次日落都不同，但每一次都是绚烂美丽的。每次日落都充满了奇妙的色彩，从光辉的红，到灿烂的绿，从静谧的紫，到炫目的橙，以及激动人心的黄。每一种都是出自大自然爱之手的杰作，每一种都是大自然留给这个世界和所有人的爱的明证。

光辉灿烂的日落美得无与伦比，如同绚烂美丽的人生。就像如梦似幻的日落一般，一个植根于灵魂的生命有着恒久之美。它的爱与欢乐照亮天际，它的给予和分享给这个世界带来了色彩和喜悦。它奇妙的能量流向周围每一个心灵和灵魂。如同绚烂的日落，它亦是变幻多端的。它时时刻刻都在生长，朝着更广大的欢乐与爱，以及与大自然的合一生长。

那么，愿我们都过着光辉灿烂的美丽人生。愿我们都扎根于灵魂，像太阳一般发光发热。愿我们都能用善良与爱、欢乐和喜悦照亮天空。愿我们都能用生命中的云朵为我们带来更壮丽的美和奇观。愿我们都能用善良、仁慈、活力、生机、喜悦、欢乐，以及与自然的和谐统一，把我们的生命编织成一幅绮丽的日落美景。大自然确实很爱我们，给予我们一生的壮丽夕阳。愿我们都真心热爱自然，在爱中生活、在欢乐中分享、在光明中欢庆，并将这灿烂的一生献给她。

爱是最好的老师

〔美〕诺曼·文森特·皮尔　王启国 编译

许多年前，有一个叫约翰·霍普金的教授给他教的毕业生布置了这样的作业：去贫民窟，找200个年龄在12岁到16岁之间的男孩，调查他们的家庭背景和成长环境，然后预测出他们的未来。

那些学生运用社会统计学知识，设计了问题，跟男孩们进行了交谈，分析了各种数据，最后得出结论：那些男孩中有90%的人将有一段在监狱服刑的经历。

25年后，教授给另一批学生也布置了一个作业：检验25年前的预测是否正确。学生们又来到贫民窟。以前的男孩，都已经长大成人。有的还在那里住着，有的搬走了，还有的已经去世了。但最终学生们还是与原来的200个男孩中的180个取得了联系。他们发现其中只有4人曾经进过监狱。

为什么那些男孩住在犯罪多发的地方却有这么好的成长记录呢？研究人员感到很纳闷也很吃惊，后来他们被告知：有一个老师当年教过那些孩子……

通过进一步调查，他们发现75%的孩子都是一个妇女教过的。研究人员在一个“退休教师之家”找到了那个妇女。

究竟那个妇女是怎样把良好的影响带给那些孩子的？为什么这么多年过去了，那些孩子还记着那个妇女？研究人员迫切地想知道这些问题的答案。

“不知道，”妇女说，“我真的回答不了你们。”她回想起多年前和孩子们在一起的情景，脸上浮起了笑容，自言自语地说：“我只是很爱那些孩子……”

求助自己

王文华

一位技艺高超的走钢丝的演员准备给观众带来一场不系保险绳的表演，钢丝的高度是 16 米。海报贴出后，立即来了大批观众。他们都想知道这位演员如何在没有保护的情况下，从容自如地在细细的钢丝上完成一系列的高难度动作。

演出那天，观众黑压压地坐满了整个表演场。他一出场，就引来全场观众热烈的掌声。他开始走向钢丝，钢丝微微抖着，但他的身体像一块磁石一样吸在钢丝上。1 米、2 米……抬脚、转身、倒走……动作如行云流水。助手站在钢丝的一端紧张而又欣赏地看着他，暗暗为他加油。

突然，他停止了表演，停止了所有动作。刚才还兴奋的观众马上被他的动作吸引住了，认为他有更为惊险的动作，整个表演场地马上平静下来。但助手觉得这极不正常，意识到他可能遇上了麻烦。钢丝越来越抖，他竭力平衡自己的身体，助手的额头也渗出了细密的冷汗。经验丰富的助手知道此刻不能向他问话，否则会使他分心，导致难以想象的后果。

时间一秒一秒地过去了，突然他开始向钢丝另一头走了一步，然后动作又恢复了正常。他很快表演完了，从云梯上回到地面。演员们全都围了过来，发现他的眼睛血红，好像还有泪痕，他在找他的助手，助手从远处跑来，他一把抱住了助手说："兄弟，谢谢你。亲爱的兄弟，这是魔鬼的恶作剧，一阵微风，吹下了屋顶的灰尘，掉入了我的眼睛，我在16米高空中'失明'了。我对自己说，我应该坚持，我在心中一秒一秒地数着，就在刹那间，我感觉到泪水出来了，这是我救命的圣水，它很快把灰尘冲了出来。但是，如果你那时候唤我一声，我肯定会分心或者依赖你，但这样做谁都知道后果是什么……"

真正的富足

〔美〕大卫·欧文 王启国 编译

古往今来，人们的生活水平确实在提高，只不过是我们评判富裕的标准变了，心态变了。

大约930年前，征服了英格兰的威廉一世拥有大量的财富、至高无上的权力和一支残暴的军队。按照那个时代的标准，威廉一世可以说是富甲天下，无人能敌，但以现在的观点来看，他连抽水马桶这样的生活用品也没有。

历史上富裕的王侯将相比比皆是，但和我相比，他们都是穷光蛋。我有防暴风雪的三层窗户，而克罗伊斯（古希腊的一个国王）却没有；在亚历山大大帝面前，举国上下都吓得瑟瑟发抖，但他却连买猫食这样的事情也办不到；沙皇尼古拉二世连一把电锯都没有。

虽然我比这么多著名的历史人物还富有，但我并未心满意足。跟大多数人一样，我总爱和周围的人相比，比如邻居、同学，还有媒体经常报道的那些名人。

最近我的朋友霍华德买了最新款的厨具，我心里的羡慕和落寞并没有因为我拥有任何一位君主都不曾拥有的带玻璃门的电冰箱而减少一丝一毫。

其实，古往今来，人们的生活水平确实提高了，我们之所以感觉不到幸福和快乐，是因为我们总爱找出各种各样的理由跟自己过不去罢了。

当然，要想快乐，还得明白即使按照现在的标准来看，我们拥有的东西已足以让我们的日子过得还算不错。我的房子确实比银行家们的小，即便如此，我和妻子都觉得打扫不过来了。

其实，在几百年后的人看来，那些银行家们的豪华家具跟我那破家具一样寒酸，没有什么区别。虽然现在我还不能和富人们比物质财富，但多年以后，在后人看来，我们其实不相上下。

生命的滋味

张晓风

有一年，去日本，天气正由盛夏转秋，人到富士山腰，租了匹漂亮的栗色大马去行山径。低枝拂额，山鸟上下，随身听里放着新买来的三弦古乐。抿一口山村自酿的葡萄酒，淡淡的红，淡淡的芬芳……蹄声得得，旅途比预期的还要完美。

我在一座山寺前停了下来，那里贴着一张大大的告示，由不得人不看。告示上有一张男子的照片，奇怪的是那日文告示，我竟大致看明白了。它的内容是说，两个月前有个 60 岁的男子登山失踪了，他身上靠腹部的地方因为动过手术，有条 15 厘米长的疤痕，如果有人发现这位男子，请通知警方。

叫人用腹部的疤来辨认失踪的人，当然是假定找到的已是尸体了，否则凭名字相认不就可以了吗？

寺前痴立，我忽觉大恸，这座外形安详的富士山于我是闲来的行脚处，于这男子却是残酷的埋骨之地啊！时乎，命乎，叫人怎么说呢？

而真正令我悲伤的是，人生至此，在特征栏里竟只剩下那么简单赤裸的几个字："腹上有 15 厘米长的疤痕！"原来人一旦撒手了，所有人间的形容词都顿然失色，所有的学历、经验、头衔、土地、股票持份或丰功伟绩全部不相干了，真正属于此身的特点竟可能只是一道疤痕或半颗蛀牙。

山上的阳光淡寂，火山地带特有的黑土踏上去松软柔和，而我意识到山的险峻：每一转折都自成祸福，每一岔道皆隐含杀机。如我一旦失足，则寻人告示上对我的形容词便没有一句会与我平生努力以博得的成就有关了。

我站在寺前，站在我从不认识的山难者的寻人告示前，黯然落泪。

美之歌

〔黎巴嫩〕纪伯伦 仲跻昆 译

我是爱情的向导，是精神的美酒，是心灵的佳肴。我是一朵玫瑰，迎着晨曦，敞开心扉，于是少女把我摘下枝头，吻着我，把我戴上了她的胸口。

我是幸福的家园，是欢乐的源泉，是舒适的开端。我是姑娘樱唇上的嫣然一笑，小伙子见到我，霎时把疲劳和苦恼都抛到九霄云外，而使自己的生活变成美好的梦想的舞台。

我给诗人以灵感，我为画家指南，我是音乐家的教员。

我是孩子回眸的笑眼，慈爱的母亲一见，不禁顶礼膜拜，赞美上帝，感谢苍天。

我借夏娃的躯体，显现在亚当面前，并使他变得好似我的奴仆一般；我在所罗门王面前，幻化成佳丽使之倾心，从而使他成了贤哲和诗人。

我向海伦莞尔一笑，于是特洛伊成了废墟一片；我为克娄巴特拉女王戴上王冠，于是尼罗河畔变得处处是欢歌笑语，生机盎然。

我是造化，人世沧桑由我安排；我是上帝，生死存亡归我主宰。

我温柔时，胜过紫罗兰的馥郁；我粗暴时，赛过狂风骤雨。

人们啊！我是真理。我是真理啊，你们要把这一点牢记在心里。

诗意地栖居

张丽钧

如果教师需要选择一种生存姿态，我以为应该是“诗意地栖居”。

他对真理永远怀有赤子般的虔诚。他追索，他冥思，他叩问，他喜欢将自己简朴的蜗居搭建在离真理最近的地方。他是校园中最善于学习的人，他把新知视作生命的给养，他如饥似渴地汲取着、吸纳着，不知疲倦。他深深爱着那些对他说“吾爱吾师，但吾更爱真理”的孩子，他会怀着惊喜的心情接受任何一个弟子用真理击败自己的现实。他从不以权威自居，他会说：在我们的课堂上只有一个权威，那就是真理！

他的心弦上永远奏响着创造者的欢歌。他常常感动于自己那“仅次于上帝”的伟大劳作——“愚蒙者，我得而智慧之；幼小者，我得而长大之；目视后进骎骎日上，皆我所造就者。其乐为何如耶！”带着这一份美好的情感和超卓的精神活在这个嘈杂的世界上，这样的人何其幸福！

他总是先于春天抵达春天。他口中衔着一个美好的预言，他知道季节不会失信，于是他微笑着工作，从容等待。他会对一个孩子说：我丢掉过一个梦呢，你为什么不替我把它捡拾回来？孩子惶惑了，孩子以为老师都得不到的东西自己怎么可能得到？可是，老师在用力推他啊！孩子于是铆足了劲，终于摘取了老师当年没有摘到的嘉果。老师感恩地笑了——他感谢上苍慷慨地延长了自己的手臂。

太多的人都在叹息，但是，那个最辛苦的人却没有工夫叹息。他要在别人叹息的当儿琢磨该以怎样的方式向孩子们讲述一只蝴蝶的成长历程。他否定了一个又一个教学方案，选择的时刻，取舍的瞬间，他被一种甜蜜的痛苦轻轻折磨。他要以一种最佳方式将一个破茧成蝶的神话移植到一方心灵的净土上，再期待着它成为一处比神话更美丽的风景。

心中有爱，腹中有诗，指上有金——这样的人栖身于神圣杏坛，这世界便多了一重让人热爱的理由，不是吗？

光阴的故事

张晓风

一锅米饭，放到第二天，水汽就会干了一些；放到第三天，味道恐怕就有问题；第四天，我们几乎可以发现，它已经变坏了；再放下去，眼看就要发霉了。

是什么使那锅米饭变馊变坏——是时间。

可是，在浙江绍兴，年轻的父母生下女儿，他们就在地窖里，埋下一坛坛米酿的酒。十七八年以后，女儿长大了，这些酒就成为女儿婚礼上的佳酿。它有一个美丽而惹人遐思的名字，叫女儿红。

是什么使那些平凡的米，变成芬芳甘醇的酒——也是时间。

时间到底是善良的还是邪恶的魔术师呢？都不是，时间只是一种简单的乘法，使原来的数值倍增而已。开始变坏的米饭，每一天都不断变得更腐臭；而开始变醇的美酒，每一分钟，都在继续增加它的芬芳。

在人世间，我们也曾经看到天真的少年一旦开始堕落，便不免愈陷愈深，终于变得满面风尘，面目可憎了。但相反的，时间却把温和的笑痕，体谅的眼神，成熟的风采，智慧的神韵添加在那些追寻善良的人身上。

同样是煮熟的米，馊饭与美酒的差别在哪里呢？就在那一点点酒曲上。

同样的父母所生的，谁堕落如禽兽，而谁又能提升为完美的人呢？是内心深处，紧紧怀抱不放的，求真求善求美的渴望。

时间将怎样对待你我呢？这就要看我们自己是以什么态度来期许我们自己了。

像花儿一样等待

感 动

哈尔滨的丁香有个特点：它们往往是在人们不经意的瞬间，忽然全部绽放的。这让人们感觉春天在一夜之间降临到了这座城市。在北方，有许多花儿都是这样，花蕾往往会在枝头上挂很长时间，然后在某一天，或某一瞬间，便“忽如一夜春风来，千树万树梨花开”了。

花儿为什么要选择在一个瞬间不约而同地绽放呢？一位生物学家解开了这个谜。

北方地处高纬度地区，这里冬季漫长，春季短暂。有时，春天即使来了，天气也往往会有很多反复，白天可能艳阳高照，而晚上则有寒流侵入，这样即使在一天之间，温差也极大。在这种气候中，花儿如果贸然开放，必会被无情的寒风“零落成泥碾作尘”。所以，聪明的花儿一直处于含苞待放的状态，寻找最佳的开放时机。它们可能会等一个星期，甚至一个月的时间，直到四月中旬或者更晚的某一个清晨，人们上街时会突然嗅到四溢的花香，看到花开满城。北方的花儿，因为善于等待而避开被冻僵夭折的灾难，带来了生机勃勃的春天，完成了繁衍生息的任务。

我们应该向那些花儿学习。有些时候，我们只能做一件事，那就是等待，就像含苞的花蕾。这种等待不是消极懈怠，而是积攒力量；不是徘徊犹豫，而是韬光养晦。一旦时机成熟，便把积蓄的力量全部释放出来，此时的人生，定会如花儿般绚烂夺目，芳香四溢。

万物的心

林清玄

每次走到风景优美、绿草如茵、繁花满树的地方，我都会在心里泛起一种感恩的心情——感激这世界如此优美、如此青翠、如此繁华。

我常觉得，所谓“风水好”，就是空气清新、水质清澈的所在。

所谓“有福报”，就是住在植物青翠、花树繁茂的所在。

所谓美好的心灵，就是能体贴万物的心，能温柔对待一草一木的心灵。

我们眼见一株草长得青翠、一朵花开得绚烂，这都是非常不易的。要有好风水、好福报，受到美好心灵的呵护，唯有体会一花一草都象征了万物的心，我们才能体会禅师所说的“青青翠竹皆是法身，郁郁黄花无非般若”的真意——每一株竹子里都保藏着佛的法身，每一朵黄花里都开满了智慧呀！

我们所眼见的这万象，看起来如此澄美幽静，其实有着非常努力的内在世界。每一株植物的根都忙着从地里吸收养料与水分，茎忙着输送与流通，叶子在进行光合作用，整株植物的每一个细胞都在大口地呼吸——其实，树是非常忙的，这种欣欣向荣正是禅宗所说的“森罗万象许峥嵘”的意思。

树木为了生命的美好而欣欣向荣，想要在好风好水中生活、建立生命的福报的人，是不是也要为迈向生命的美好境界而努力向前呢？

平静的树都能唤起我们的感恩之心，更何况是翩翩的彩蝶、凌空的飞鸟，以及那些相约而再来的人呢？

谁敢，就赢

张晓风

那句话，我是在别人的帽徽上读到的，一时找不出好的翻译，就照英文写出来，用图钉钉在研究室的绒布板上，那句话是：“Who dare win.”（勉强译，也许可以说：“谁敢，就赢！”）

喜欢它们，是因为那里面有呼之欲出的故事。而这帽徽上的字亦有其来历，它是英国22特种空勤部队（简称SAS）的队标（如果不叫“队训”的话）。这个兵团很奇怪，专门负责不可能完成的任务，1980年，他们在伦敦太子门营救被囚于伊朗大使馆里的人质。不到15分钟，便制伏了恐怖分子，救出19名人质。至今没有人看到这些英雄的面目，他们行动时一向戴着面套，他们的名字也不公布，他们是既没有名字也没有面目的人，世人只能知道他们所做的事情。

Who dare win.

这样的句子绣在帽徽上真是沸扬如法螺，响亮如号钹。而绣有这样一句话的帽子里面，其实藏有一颗头颅，一颗随时准备放弃的头颅。看来，那帽徽和那句话恐怕常是以鲜血为插图做附注的吧！

我说这些干什么?

我要说的是任何行业里都可以有英雄，没有名字，没有面目，却是英雄。那几个字钉在研究室的绒布板上，好些年了，当时用双钩钩出来的字迹早模糊了，但我偶然停笔凝视之际，仍然气血涌动，胸臆间鼓荡起五岳风雷。

医者是以众生的肉身为志业的，而“肉身”在故事里则每是几生几世修炼的因缘，是福慧之所凝聚，是悲智之所交集，一个人既以众生的肉身为务，多少也该是大英雄大豪杰吧。

我答应去四湖领队，无非是想和英雄同行啊！“谁敢，就赢！”医学院里的行医者应该是勇敢的，无惧于课业上最大的难关，无惧于漫漫长途间的困顿颠踬，勇于在砾土上生根，敢于在砾土上生根，敢于把自己豁向茫茫大荒。在英雄式微的时代，我渴望一见以长剑辟开榛莽，一骑遍走天下的人。四湖归来，我知道昔日山中的一小股流泉已壮为今日的波澜，但观潮的人总希望看到一波复一波的浪头，腾空扑下，在别人或见或不见之处，为岩岬开出雪白的花阵。但后面的浪头呢，会及时开拔到疆场上来吗？

谁敢，就赢。

敢于构思，敢于投身，敢于自期自许，并且敢于无闻。

敢于投掷生命的，如SAS会赢得一番漂亮的战果。

阳光下的时光

〔美〕约翰·布莱德列

“虽然我不是富甲天下，却拥有无数个艳阳天和夏日。”

写这句话时，梭罗想起孩提时代的瓦尔登湖。

当时伐木者和火车尚未严重破坏湖畔的美丽景致。小男孩可以驶向湖中，仰卧于小舟中， 自此岸缓缓漂向彼岸，周遭有鸟儿戏水，燕子翻飞。梭罗喜欢回忆这样的艳阳天和夏日。“这时，慵懒是最迷人也是最具生产力的事情！”

我也曾经是热爱湖塘的小男孩，拥有无数个艳阳天和夏日。如今阳光、夏日依旧，男孩和湖塘却已改变。那男孩已长大成人，不再有那么多时间泛舟湖上。而湖塘也为大城市所并。曾有苍鹭觅食的沼泽，如今已枯干殆尽，上面盖满了房舍。睡莲静静漂浮的湖湾，现在成了汽艇的避风港。总之，男孩所爱的一切都已不复存在——只留在人们的回忆中。

有些人坚持认为只有今日和明日是最重要的，可是如果真的照此生活，我们将是何等可怜！许多今日我们做的事是徒劳而不足取的，很快就会被忘记。许多我们期待明天将要做的事情却从来不会发生。

过去是一家银行，我们将最可贵的财产——记忆——珍藏其中。记忆赐予我们生命的意义和深度。

真正珍惜过去的人，不会悲叹旧日美好时光的逝去，因为藏于记忆中的时光永不流逝。死亡本身无法止住一个记忆中的声音，或擦去一个记忆中的微笑。对现已长大的那个男孩来说，那儿将有一湖水不会因时间和潮汐而改变，可以让他继续在阳光下享受安静时光。

风中细雨

徐风

命　运

不管是什么样的水，只要它到达海洋，它就是海洋了。

不管是什么样的水，只要它到达阴沟，它就是阴沟了。

本来是这样的，却成了那样。

欲　望

欲望，是天下最厉害的东西。

你不想占有，你囊中是空的，但你身轻如燕。

你占有了，感官的享受挤压着身心，你必须时时为得到的愉悦付出代价。

其实，多余的东西最后都不是你的，就像猴子进了玉米地，欣喜若狂，掰了一夜玉米， 早晨从玉米地里出来还是像往常一样，只捧着两个玉米。

上帝是多么睿智啊！

心　态

被人扶了一把，很快就忘了。

虽然我不是富甲天下，
却拥有无数个艳阳天和夏日。

被人踩一脚，却一直忘不了。

曾经帮助过别人，却没有得到回报，一直耿耿于怀。

曾经伤害过别人，却没有得到报应，一直心存侥幸。

痛　苦

痛苦，是上帝喂我们吃的一剂药，像苦海一样深邃。和欢乐一样，它让我们的生命增加韧性。我们从欢乐中迷失的，往往能在痛苦中找回来。

痛苦让人深刻，它是我们向生活交的学费。

只有从痛苦里获得的思想，我们才永远不会忘记。

痛苦，是我们终生的良师。

可惜，人人都不喜欢它。

失　落

失落，是因为你老在和别人比较。

心在沼泽，身在沼泽。

换一个角度，风景就不一样了。

你就是世界，你就是幸福，你就是你的未来。

你就不失落了。

太　阳

［埃及］艾哈迈德·艾敏

我打开窗，霎时，耀眼的金色阳光泻满房间，与之结伴而来的，是勃勃的生机和旺盛的活力，我也因此感到浑身暖洋洋的。在太阳造访之前，我的生活昏暗而寂静，死气沉沉，没有任何意义。

在冬季，还有什么比太阳或谈论太阳更教人惬意的呢？近乎残酷的寒冷使我们的牙齿打战，皮肤皱起，身体瑟缩，以至于当我们看见火时，恨不能一下子投入烈焰的怀抱。

大自然的一切妙不可言，但独领风骚的是太阳。他一年四季都美，夏天也不例外，不过最富魅力的时候还是在冬日。

夏天，他的美体现在威加四海的力量和始终如一的袒露。

我们崇拜他，敬畏他，甚至躲避他，但心中始终抹不去一丝隽永的留恋。他有时是酷虐的，然而酷虐中却隐隐含蓄着恩惠。

他俨然是一位睿智的教导者——宽猛相济，恩威并用。他喷吐炎炎丹焰灼烧我们的肌肤，烘烤我们的面颊。可当他同我们告别时，却派来自己的使者——和蔼柔媚的月亮——前来抚慰芸芸众生，以期减杀他的暴烈，和缓他的严酷，修正他的偏颇。

冬日，太阳换了另一副面孔，让我们领略他的和顺与沉静，体味他的温柔与宽宏，我们每每念及他的温暖和体恤，切切的思念便油然生于心底。

七色斑斓，变幻莫测的太阳，忽而白，忽而黄，忽而又红……令人眼花缭乱，不禁陷入遐想。我们无法评判究竟哪种颜色最为绮丽，最为华美。

啊，太阳！是你脱下迷人的霓裳，让花儿披盖，令多少赏花人若醉若迷，流连忘返。花朵靠你的光彩才变得妩媚动人，因你的辉映方显得绚烂多姿……碧蓝翠绿，无一不是你慷慨的写照；姹紫嫣红，无一不是你博施的印证。

我们脉络里的血亦是因你才流动，因为血来自营养，营养则源于你的热能。你是世间万物的主宰——有了你，大地五谷丰登，果实累累；有了你，大地花木繁茂，草儿青青……

太阳，你是何等的伟大啊！

然而，你的创造者又岂是伟大所能形容！

人生的意义与价值

季羡林

时光流逝，一转眼，自己已经到了望九之年，活得远远超过了我的预算。有人认为长寿是福，我看也不尽然。人活得太久了，对人生的种种相、众生的种种相，看得透透彻彻，反而鼓舞时少、叹息时多。远不如早一点离开人世这个是非之地，落一个耳根清净。

那么，长寿就一点好处都没有吗？也不是的。至少对了解人生的意义与价值，会有一些好处。

根据我个人的观察，对世界上绝大多数人来说，人生一无意义，二无价值。他们也从来不考虑这样的哲学问题。走运时，手里攥满了钞票，白天两趟美食城，晚上一趟卡拉ＯＫ， 玩一点小权术，要一点小聪明。甚至恣睢骄横、飞扬跋扈，昏昏沉沉、浑浑噩噩，等到钻入了骨灰盒，也不明白自己为什么活这一生。

其中不走运的则穷困潦倒，终日为衣食奔波，愁眉苦脸、长吁短叹。即使是日子还能过得去的，不愁衣食、能够温饱，然而也终日忙忙碌碌，被困于名缰、被缚于利锁。同样是昏昏沉沉、浑浑噩噩，不知道为什么活这一生。

对这样的芸芸众生，人生的意义与价值从何谈起呢？

我自己也属于芸芸众生之列，也难免浑浑噩噩，并不比别人高一丝一毫。如果想勉强找一点区别的话，那也是有的：我，当然还有一些别的人，对人生有一些想法，动过一点脑筋，而且自认这些想法是有点道理的。

我有些什么想法呢？话要说得远一点。当今世界战火纷飞、物欲横流，“黄钟毁弃，瓦釜雷鸣”，处在一个十分不安定的时代。但是，对于人类的前途，我始终是一个乐观主义者。我相信，不管还要经过多少艰难曲折，不管还要经历多少时间，人类总会越变越好，人类大同之域绝不会仅仅是一个空洞的理想。但是，想要达到这个目的，必须经过无数代人的共同努力。有如接力赛，每一代人都有自己的一段路程要跑。又如一条链子，是由许多环组成的，每一环从本身来看，只不过是微不足道的一点东西，但是没有这一点东西，链子就组不成。 在人类社会发展的长河中，我们每一代人都有自己的任务，而且绝不是可有可无的。如果说人生有意义与价值的话，其意义与价值就在这里。

但是，这个道理在人类社会中只有少数有识之士才能理解。鲁迅先生所称之“中国的脊梁”，指的就是这种人。对于那些肚子里装满了肯德基、麦当劳、比萨饼，到头来终不过是浑浑噩噩的人来说，有如夏虫不足以语冰，这些道理是没法谈的。他们无法理解自己对人类发展所应当承担的责任。

话说到这里，我想把上面说的意思简短扼要地归纳一下：如果人生真有意义与价值的话， 其意义与价值就在于对人类发展的承上启下、承前启后的责任感。

角度·目标

艾克拜尔·米吉提

这里是国境线。当然，这里不是您在地图上所看到的朱红色虚线，而是一条掩映在密林里的恬静而安详的小河，河面不足 10 米宽。

他们的家就在国境线附近。因此，他们常到这条小河边来——他们饮用的就是这条小河里的水。

方才他们饮马的时候，发现树林里栖息着几只松鸡。此刻，他们掂着一支小口径步枪赶回树林里来了。按规定，在国境线附近是不许鸣枪狩猎的，不过，八百米以内可以使用小口径步枪。

还好，松鸡还在。他立即将子弹推上膛，选择了一个十分有利的角度，举枪瞄准了……

“喂，我说最好还是从那个角度上开枪，那样万无一失。不然……”

他回过头来，伙伴正指着界河的岸边。

他本来确信自己的枪法，但还是快快地收起枪，猫着腰悄悄朝界河边上移去。茂密的草丛在他脚下发出窸窸窣窣的声响，仿佛在暗暗地预祝他成功。然而就在这时，那几只松鸡似乎觉察到他的意图，扑棱一下飞了起来，越过界河落在了对岸一棵白桦树上。

他用不着猫腰了。

他挺起身子，怔怔地望了一会儿那几只眼看就要到手的猎物——现在距离也不超过五十米，完全在射程以内，可是他不能再射击了，他不明白，一刹那间，为了万无一失，竟然变成一无所得了。

他终于悻悻地退出了枪膛里的子弹……

密林中的小河，依然在安谧地流淌……

练习快乐

流沙

香港有位女歌手，有一次乘南方航空公司的飞机赴北京演出。她上机前，忙于应酬，疲惫不堪。加之在机场被香港娱乐记者“出言不逊”，所以心情很郁闷。但当她走到机舱口，看到空姐灿烂而真诚的笑容时，精神为之一振。

女歌手坐在头等舱，飞机起飞后，那位空姐走过来，轻声问：“能不能给我签个名？”

女歌手欣然同意。她笑着问空姐：“你能教我如何笑得这么好看吗？”

空姐告诉女歌手，在训练课上，老师是如何教她想象着自己最快乐的事情，把精神调整到最佳状态，对着镜子看自己的嘴形，有没有微微上翘……

几个小时后，从北京机场走出来的女歌手，是一个快乐而自信的美人儿。

快乐是可以练习的，这并不是一个秘密。问题是，我们有苦恼的时候，从来没有相信过，快乐其实可以通过一种技能去获得，而不是听凭坏情绪一点点地吞噬你。

譬如在心情郁闷的时候，你穿上休闲衣裤，来一次一公里的慢跑，让自己出一身汗；当遭遇工作压力的时候，你不必一杯接一杯地饮苦咖啡，而应走到窗前去，对着蓝天、白云，张开你的双臂，做几次长长的深呼吸；你还可以和朋友聊聊天、听听音乐，幻想自己已中了彩票大奖……

但是，你总是不屑于这样的教诲，你就是不相信快乐是可以练习的，你总是以为快乐是奢侈的事，需要大量的金钱、幸运的机遇、美满的生活才能带来。

其实，快乐属于每个人，它也可以练习。快乐就在一次慢跑中，就在一次深呼吸中，就在一段美妙的音乐中……快乐其实唾手可得。

谦虚的资格

行者无忌

谦虚有很多种，真正的谦虚，不是谁都有资格享有它的。

胸无大志的人，即使极诚恳地说：“我这人没什么志向。”这不叫谦虚，只能叫坦率，这种坦率有时让人觉着是在叹息；毫无才学的人，即使极认真地说：“我这人没什么本事。”这不叫谦虚，只能叫实在，这种实在有时让人觉着是在自责；主席台上，正式发言之前来一句：“我水平有限。”这不叫谦虚，只能叫客套，这种客套给人感觉是一种身份的炫耀；辩论场上，笑应对手一句：“我的意见可能不太成熟。”这不叫谦虚，只能叫挑战，这种挑战是一种以退为进的宣示；机遇面前犹豫不决、左右为难地嗫嚅：“我不知道该怎么办。”这不叫谦虚，只能叫哀鸣，这种哀鸣除了显示无能为力外，便是在患得患失间不知所措；困境之中难做决断，跌倒后爬起乱了方寸：“看来我是真的顶不住了。”这不叫谦虚，只能叫无奈，这种无奈表明了穷途末路的到来。

谦虚需要一种底气来支撑。

聪慧是智者的底气。智者的聪慧在于能从聪慧中看到局限和缺欠，他的和气中透出低调，和颜中多有雅量。

善良是仁者的底气。仁者的善良是能容下无端的伤害和浅陋的狂妄，他的谦卑融于忍耐之中，他的虚怀嵌入慈悲之间。

博大是强者的底气。强者的博大是能让对手心悦诚服地拥戴和情不自禁地敬仰。

谦虚的人，因为看得透，所以不躁；因为想得远，所以不妄；因为站得高，所以不傲；因为行得正，所以不惧。

这样的人，才称得上是谦虚的人。

心　安

王建兰

草长莺飞的季节，她带着6岁的男孩到公园放风筝。天好蓝，风好柔，大地似绿绿的地毯，柔软又舒适。他们尽情地嬉戏，累了，便躺在地上讲故事。阳光那么暖，明晃晃地照在身上，让人生出几分倦意，她从恍惚中醒来，身边没了男孩。四周望去，也没有看见孩子的身影。“程程——程程——”没有回声。她慌乱起来，边跑边喊，呼声越来越急促，越来越尖锐。忽然，她听到有人喊道：“有个孩子掉到湖里了……”

她奔向湖边，看到层层荡漾的涟漪，像是男孩柔弱的生命发出的最后呼声，她什么都不顾了，纵身跳入水中，抓住那个孩子，托出水面，拼命地往上蹿。幸好，渡船赶来了。

许是极度的惊吓，许是耗尽了体力，她昏厥过去。一阵撕心裂肺的哭喊声把她惊醒，她看到一位母亲抱起了那个湿淋淋的生命。她惊呆了，一下子清醒过来，冲上前去，她看清了，那孩子不是程程。她发疯似的扒开围观的人，哭喊着：“程程——”“我在这里。”这次她听清楚了，是他。她就那么站着，眼泪哗哗地流下来，止也止不住。

救护车把她和落水的儿童送到了医院，闻讯的记者来了，让她谈谈救人的感受。

她有点胆怯，语无伦次："哪还顾得想什么，只要把孩子救上来，舍上我的命也愿意。"

多质朴的话语，记者似乎觉得找到了闪光的语言，被救儿童的母亲更是感激涕零。她慌了，忙说："不是这样的，你不必这样，如果知道是你的儿子，我是不会跳下去的，水那么凉，我还不会水，我以为是程程呢……"

仿佛石破天惊，在场的人听了都议论纷纷，记者也大吃一惊，为她的真实坦诚。

"那么是母爱让你奋不顾身以至忘了自己不会游泳？"

"不，不是，是责任。"她说，"我只是个保姆，如果小孩出了事，我会愧疚一辈子，一辈子不会安宁。所以，我宁愿舍弃自己的生命也要让孩子平安，才对得起孩子的家长。"

宽窄都是路

蔡志忠

无论处于任何时间、法象里面，生命都是独一无二的。这颗葡萄和昨天吃的那颗葡萄并不一样，这杯酸梅汤和我十五岁去台北在中华路喝的那一杯也有所不同，因此不必刻意用过去的经验与眼前做比较。

一般人都喜欢拿过去和现在相比较，连吃一盘蛋炒饭也会认为昨天那一家炒的好吃些。禅宗注重“异”，人们都用过去的经验在生活，他们最无法开悟的一点就是“同”。不能开悟，许多痛苦就此产生。

若能了解自己的每一分每一秒都是不同的，不需要拿任何一秒钟做标准，你就会生活得很好。无论你是独自处于非洲大沙漠的烈日之下，或者和朋友一起待在舒适的冷气房里，都没有什么差别，每一个点都是生命的一部分，加起来才等于你整个的生命。

有一年我获得了“台湾十大杰出青年奖”，香港《东方日报》的总编希望我写一篇文章。

“写什么呢？”我问。

“写崎岖的道路。”

“那是什么？”

“你的成功史。写你如何达到今日的成功之境。”

“我不能写。因为我的人生中没有崎岖的道路，对我而言，无论什么情况都是很好的。”

如果我走在崎岖的小径上，我就用崎岖小径的心去欣赏它；如果走在林荫大道上，我就从林荫大道的角度去品尝。我不认为林荫大道就优于崎岖小径，一旦真正了解生命的意义， 事物就没有好坏之别。

不论剩下多少水，我只想“我还有水”，而不去在意水的多少。我画过一幅漫画：黄河的源头是生，出海口是死，它整个生命过程当然有时细水长流，有时波涛澎湃；有时顺畅，有时受阻；有时宽，有时窄。我在宽时品尝宽，窄时品尝窄；在逆时面对逆，在顺时享受顺。我不愿自己的生命从头到尾一样宽畅、平凡。

将生命当成租赁

蒋 平

日前，在韩国非常流行一种“死一把”的活动，参与这个活动的人首先要进行一个以 “生命的意义”为题的测试，留下肖像，写下遗嘱，然后穿上麻布做的寿衣躺进棺材里。体验者能在棺材中听到哭声，大约 15 分钟后，工作人员再打开棺材，体验活动结束。据主创人员介绍，设计这种“死一把”的体验活动，目的是为了让人们反省过去，珍惜现在，更好地面对未来。很多参与者都有类似的感触：“在棺材里，我非常非常害怕，想起了母亲和逝去的亲友。现在的我已经完全不同了，因为我要创造一个没有遗憾的人生。”

国人有句俗话：不见棺材不落泪。只有真正面对死亡时，人的心态才会发生根本性的变化。生命有如某种租赁，只不过这种租赁有好有坏，有长有短，有悲有喜而已。

英国心理学家弗兰克·托里斯博士做过这样一次调查：如果意识到生命是一场租赁，你会对生活有些什么样的再认识呢？

“珍惜身边的一切！”这是 35％的参与者的共同体会。这种珍惜包括时间、身体、亲情……

“有了危机与压力！”这是 24％的参与者的心态。站到了生命是一场租赁的高度，去审视万事万物：谁在只争朝夕，谁在浪费生命，便一目了然；人间的恩恩怨怨，是是非非，则会如过眼云烟；前行的道路上，对如何去粗取精，去伪存真，在有限的时间内将各种有价值的因素调节到位，科学经营，活出生命的艺术，亦会感到胸有成竹。

“处处按规则办事！”这是26%的参与者的感受。时刻牢记生命只有一次，百年大计，健康第一，人生便会减少许多不必要的差错。时刻以轻松的姿态展现，视每一出游戏为一个过程，这个过程只是享受生活的一种手段，其本质是收获快乐。

另15%的参与者也从其他侧面表达了对生命的再认识。这个调查的结果虽然说明不了什么，但它激起了人们对生命意义的理性思考。古罗马诗人贺拉斯曾经说过：“每天都想象这是你最后的一天，尽情去体验与发现吧！不期而遇的明天，将会带给你更多的惊喜与欢乐。”

让有些话穿耳而过

段奇清

李肇星曾在一篇文章中记述了他儿子3岁时的一些充满童趣的奇言妙语。有次他儿子在回答“人为什么会长两只耳朵”时说：“可以一个耳朵进，一个耳朵出，光进不出就会装不下。”

由此，我想起了一句话：让有些话穿耳而过。

譬如某一天，你无意中听到了一些诽谤和中伤你的话语，就让它穿耳而过。那也许是别人对你某一个不经意的行为、某一句不经意的话产生了误解。你要相信，浊者自浊，清者自清，只要假以时日，他一定会看出你的初衷与本真。于是你便拥有了一颗平静安宁的心。

如果偶尔听到有人指责你太不细心，未能做到未雨绸缪、防微杜渐，要让它穿耳而过。尽管他的指责是善意的，可是在这个世界上，每个人都是渺小的，谁也不能保证自己不踏入认识上的歧途。不要太过相信“人无远虑，必有近忧”的话，无论自己对将来有多少设想，可它终究没有发生。最为紧要的是要抓住今天，认认真真活在当下。如此，才会在有限的生命中不为一些似是而非的东西浪费掉自己宝贵的光阴，才会不为那些旁逸斜出的枝杈失去自己的吟咏与歌唱。你才能听到妻儿的欢声笑语，才能沐浴到金色的夕阳、绚烂的晚照。即便风雨骤然而至，也依然轻裘缓带，玉树临风。

如果有人说你才貌双全，要让它穿耳而过。那才华学识本是天外有天、山外有山，那形貌亦是父母的遗传并非自己的努力，原本不值得他人夸奖。

如果有人说你出类拔萃，却白璧微瑕，也要让它穿耳而过。是否出类拔萃姑且不说，不完美本是人生的一种常态，如此，你就能摆脱“一次失败就成永远颓势”的阴影，就能走出“局部不完美就泛滥成整体否定”的误区，就始终能保持清醒的头脑。

对于一些冷漠无情或者要小聪明的话，对于一些玩世不恭、不知轻重的话，对于一些上下之势、高低权争、男女绯闻的话，都要让它们穿耳而过。这样，你就会秋波无痕，素心如玉。纵然那些对你有用，却让你智所不能逮、力所不能及，以致褫夺了幸福与快乐的话语，就要让它们穿耳而过，随风而逝。

人生是一个容器，可这个容器的容量实在是非常有限。愁苦和畏惧多了，欢乐与勇气就少了；局促和紧张多了，潇洒与轻松就少了；傲慢和骄矜多了，恭谨与谦虚就少了。一些不需要的话语存放太多，一些箴言就会无处落脚。让有些话穿耳而过吧……

孩子，来生我们一起走

文 烛

孩子
快抓紧妈妈的手
去天堂的路
太黑了
妈妈怕你碰了头
快抓紧妈妈的手
让妈妈陪你走

妈妈
怕天堂的路太黑
我看不见你的手
那倒塌的墙把阳光夺走
我再也看不见你柔情的眸

孩子
你走吧
前面的路

再也没有忧愁
没有读不完的课本
和爸爸的拳头
你要记住
我和爸爸的模样
来生我们还要一起走

妈妈
别担忧
天堂的路有些挤
有很多同学朋友
我们说
不哭
哪一个人的妈妈
都是我们的妈妈
哪一个孩子
都是妈妈的孩子
没有我的日子
你把爱给活的孩子吧

妈妈
你别哭

泪光照亮不了
我们的路
让我们自己
慢慢地走
妈妈
我会记住你和爸爸的模样
记住我们的约定
来生一起走

风信子的花语

彭小妮

有一种叫风信子的花，我原以为它是一种类似蒲公英的花。今天，我才知道关于风信子的传说。美少年海辛瑟斯是希腊神话中的植物神，他因被误伤而失去了生命，在他鲜血染红的土地上开出了一朵美丽的花，这花就是风信子。它的花茎上长着一串串小铃铛似的花朵，风吹过时，每一朵花都显出飞翔的姿态。海辛瑟斯的生命没有消逝，风信子是他的化身，他还在为这个世界呈现着美，风信子是他怒放的生命之花！ 所以，人们赋予风信子的花语为："只要点燃生命之火，便可同享丰盛人生。"它是生命生生不息的象征。

人有时真的很脆弱，一次意外、一次灾难，就可能会让我们失去生命。我们不能如海辛瑟斯那样将生命化成风信子，所以，我们必须珍爱生命。在这爱的世界，不会遗弃每一个人，只要一息尚存，就有希望重燃生命之火。在地震后的废墟中，人们在寻找、在呼唤生命重归，在为遭受苦难的生命祈祷：坚持、坚持、永不放弃生的希望。是啊，这有情人间，是值得你万分留恋的，让你保留着生命微弱的火种，直到寻找到你。多少人还在等待着将更多的爱给你，要在更长久的日子里与你同享生的欢乐。在苦难之后重生的生命，必然如风信子一般，获得永生。所以，经受苦难而重生的同胞，也一定更懂得感恩，感谢在废墟中将你高高举起的双手，感谢每一个为你祈福的心愿，感谢从四面八方为你汇聚的爱和援助。

我们也看到了那些用自己的身躯护卫着幼小生命的伟大母亲。看哪，这里没有悲痛，没有泪水，娇小的乳儿还在安睡，在梦中微笑。在母亲离去的地方，长着一株绿色的风信子，它告诉我们，生命在此延续。无需多言，人间大爱也将无限延续，给予活着的你我更多的慰藉、温暖、勇气和力量。

许许多多的生命去了没有灾难的天堂，得到了永远的安息；也有许许多多的生命在黑暗中艰难地守望救助，获得了重生。我们相信，灾难过后，风信子会开满这里！

愿生命如花，愿风信子的花语永远传递：珍惜生命，同享人生。

向生命中的青春举杯

〔挪威〕汉姆生

在这样隆重得叫人不知所措的盛情场合，我该怎么办才好呢？我觉得我已经飘飘然了， 我的头在旋转。今天，荣誉与财富都聚集在我身上，虽然我还是我自己，但就在一分钟以前，听到祖国的国歌在大厅里回响，我真的被这样的致敬席卷得脚不着地了。

说起来可能是好的，这不是我第一次被席卷得脚不着地。在我那被祝福的青年时代，也有过这样的经历。哪个年轻人的生命中没有过这样的经历呢？ 觉得这种感觉陌生的，是那些年纪轻轻却已变成了保守派的人——他们生下来就老了，他们不懂得什么叫两脚离地。对年轻人来说，没有比这种过于早熟的精明与冷漠更坏的命运了。天知道，在成年以后，仍旧会有许多被席卷得两脚离地的机会。这又怎么样呢？我们还是我们，而这一切对我们都是好的！

不过，在这种群英荟萃的集会上，我不能再沉醉在自己闭门造车的智慧中了，因为下一位接受颁奖的是科学界的代表。我得马上坐下，但今天是我的大喜日子。我被你们仁慈地拣选出来，从上千人中拣选出来，用桂冠加冕！我代表我的国家，感谢瑞典文学院和所有瑞典人，感谢你们颁发给我这份荣誉。就我个人来说，我在这样沉重的荣誉下俯首，但我同样为学院认为我的肩膀足以承担这重担而感到骄傲。

现在，在这灯火辉煌中，在这些杰出的与会人士面前，我真愿意做的是向各位抛撒礼物，抛撒花朵与诗歌——再度年轻，再度乘风破浪。在这杰出的场合，这个我最后的一次机会中，这是我希望做的。我不敢做，因为我逃不了被嘲笑。今天，财富与荣誉都降临在我身上，但有一样礼物是缺少的，那是最重要的——青春。我们之中没有一个人老得记不起它来。我们这些已经老了的人向后退一步，用尊严与优美退这一步，我认为这是适当的。

我不知道我该怎么办才好，我不知道什么是我应该做的，但是，我向瑞典的年轻人举杯，向生命中的青春举杯。

有梦才有远方

罗 西

雪野茫茫，你知道一棵小草的梦吗？寒冷孤寂中，她怀抱一个信念取暖，等到春归大地时，她就会以两片绿叶问候春天，而那两片绿叶，就是曾经在雪地里轻轻的梦呓。

候鸟南飞，征途迢迢。她的梦呢？在远方，在视野里，那是南方湛蓝的大海。她很累很累，但依然往前奋飞，因为梦又赐给她另一对翅膀。

窗前托腮凝思的少女，你是想做一朵云的诗，还是做一只蝶的画？

风中奔跑的翩翩少年，你是想做一只鹰，与天比高，还是做一条壮阔的长河，为大地抒怀？

我喜欢做梦。梦让我看到窗外的阳光，梦让我看到天边的彩霞；梦给我不变的召唤，梦引领我去追逐一个又一个的目标。

1952 年，一个叫查克·贝瑞的美国青年，做了这么一个梦：超越贝多芬！并把这个消息告诉柴可夫斯基。

多年以后，他成功了，成为摇滚音乐的奠基人之一。梦赋予他豪迈的宣言，梦也引领他走向光明的大道。梦启发了他的初心，他则用成功证明了梦的真实与壮美——因为有了梦才有梦想；有了梦想，才会有理想；有了理想，才有为理想而奋斗的人生历程。

没有泪水的人，他的眼睛是干涸的。

没有梦的人，他的夜晚是黑暗的。

太阳总在有梦的地方升起，月亮也总在有梦的地方皎洁。梦是永恒的微笑，使你的心灵永远充满激情，使你的双眼永远澄澈明亮。

世界这个万花筒散发着诱人的清香，未来的天空下也传来迷人的歌唱。我们整装待发， 用美梦打扮，从实干开始。等到我们抵达秋天的果园，轻轻地擦去夏天留在我们脸上的汗水与灰尘时，我们就可以听得见曾经对春天说过的那句话：美梦成真！

永　远

安妮宝贝

曾经，我很喜欢去郊外的那段铁路散步。在那里能看到田野上大片的雏菊，它们在细长的梗上开出硕大而清香的花朵，颜色是诡异的蓝紫。我总觉得潮湿的泥土下应该有许多昆虫的尸体，才能生长出这样茂盛的植物。

风把细碎的花瓣吹散到我的头发上、脸上。有时候我把花瓣捡起来，轻轻咀嚼着。

一个人踮着脚在窄窄的铁轨上走，走到很远的地方又往回走。阳光很好，温暖、芬芳， 把铁路上的小石头烤得发热。

走累的时候，我就把鞋子脱下来，把光着的脚放在热热的小石头上，让肌肤感受被阳光抚摸的懒洋洋的快乐。

我想我应该是快乐的。 心里有一片寂静的地方， 什么也没有留下。我还没有开始写作，只是常常一个人，来到这个荒僻的地方散步。

常常有人问，你的朋友多吗？我说，不多。这样的回答，并不让我羞愧。能够沉默或者保持不说话的状态，对我来说是一种自由。这样的自由，只有当你独自看着蓝天白云的时候，才能感觉到。

无数次，我看着那条延伸到远方的铁轨，想着它能带我到多远的地方。永远到底有多远?

那时是春天，我穿着白棉衬衣和牛仔裤，它们被洗得很旧。我是一个时常感觉寂寞的人。我有预感自己会离开这里。

然后有一天我真的离开了。做一朵花的知己。

英国文学家王尔德有一天走进一家花店，要求把橱窗里的花取出一部分。店里的人照着他的要求去做，并问他要买多少。王尔德说，我不想买花，只是我看它们太拥挤了，怕它们被挤坏，想让它们轻松一下。

懂得花的悲欢，体恤花的疼痛，他是花的知己，也让自己的心灵摇曳如花。他不会错过钻入衣袖的一只蝴蝶，也不会浪费人生的每一幅美景。做一朵花的知己，就是住进心灵的春天里。

体育颂

〔法〕皮埃尔·德·顾拜旦　陈国平 译

啊！体育，天神的欢娱，生命的源泉，你突然降临在终日忙碌的人群居住的林间空地。你像是容光焕发的使者，向暮年人微笑致意；你像是高山之巅出现的晨曦，照亮了昏暗的大地。

啊！体育，你就是美丽！你塑造的人体，变得卑鄙还是高尚，要看他是被可耻的欲望引向堕落，还是由健康的力量悉心培育。没有平衡和匀称，便谈不上什么美丽。你的作用无与伦比，可使二者和谐统一；可使人体富有节律；使动作变得优美，柔中含有刚毅。

啊！体育，你就是正义！你体现了社会生活中追求不到的公平合理。任何人要想速度超过一分一秒，高度逾越一分一厘，取得成功的关键，只能是体力与精神融为一体。

啊！体育，你就是勇气！肌肉用力的全部含义是敢于搏击，若不为此，敏捷强健又有何用？肌肉发达又有何益？我们所说的勇气，不是冒险家压上全部赌注似的蛮干，而是经过慎重的深思熟虑。

啊！体育，你就是荣誉！荣誉的赢得要公正无私，反之便毫无意义。有人要弄见不得人的诡计，以此达到欺骗同伴的目的，他内心深处却受着耻辱的折磨，有朝一日被人识破，就会落得名声扫地。

啊！体育，你就是乐趣！想起你，内心充满欢喜，血液循环加剧，思路更加开阔，条理愈加清晰。你可使忧伤的人散心解闷，你可使快乐的人生活更加甜蜜。

啊！体育，你就是一片沃土！你通过最直接的途径，增强民族体质，矫正畸形躯体；防病患于未然，使运动员得到启迪；希望后代长得茁壮有力，继往开来，夺取桂冠的荣誉。

啊！体育，你就是进步！人类要照顾好自己，身体和精神的改善要同时抓起。你规定良好的生活习惯，要求人们对过度行为引起警惕；你告诫人们遵守规则，发挥人类最大能力而又无损健康的肌体。

啊！体育，你就是和平！你在各民族间建立愉快的联系，你在有节制、有组织、有技艺的体力较量中产生，使全世界的青年互相尊重和学习，使不同民族特质成为高尚而和平的动力。

总有一条道路抵达心灵

王开林

旧式庭院中必有后花园，它是主人休闲散心的好去处，清静、幽雅、安恬、私密，花香鸟语，生机勃勃，称之为一片隐藏的乐土也不为过。精神可以在此得到放松，思想可以在此得到梳理，感情可以在此得到宣泄。可以这么说，拥有一座美丽的后花园，主人便接近于诗意栖居。

九百多年前，苏东坡因持不同政见，被贬到黄州，政治处境相当不妙，生活水平也大不如前，这位名满天下的文豪必须躬耕陇亩才可收获全家的口粮。然而，即便倒霉到这步田地，苏东坡仍旧未改其一贯诙谐的性情，经常兴之所至，编出一个个小笑话，助亲人和朋友苦中作乐，也算是含泪的微笑吧。

世人热爱苏东坡，除了热爱他的文学天才和人格魅力，还热爱他与生俱来的幽默感和至死不衰的乐观主义精神。提升生命质量有许多途径和方法，这位北宋文豪的经验值得我们借鉴：一个人欲求心灵的安顿，就必须给精神开辟一座美丽的后花园，那是离自己最近的息壤，是人世间的风风雨雨难以欺凌，是是非非无法侵扰的地方。

如今，我们的生活中没有大灾大难大波大折，营建精神的

太阳总在有梦的地方升起，
月亮也总在有梦的地方皎洁。

后花园要比苏东坡更容易更简单。多读几本好书，多听几首名曲，多游历几处风光旖旎的山川，或是静修琴、棋、书、画，或是热爱各项体育运动，总之，我们要对这个世界始终抱有活泼鲜灵的兴趣，给精神开辟出第二度空间（事业为第一度空间）。第二度空间越大，我们的爱好越宽泛，羽翼越丰盈，越能品尝到日常生活打打拼拼忙忙碌碌之外的快乐。

我认识一位“俗骨铮铮”的小青年，他的聪明导致了他的懒惰，他的懒惰则导致了他的平庸。有一天，他觉得这种无聊的日子该了结了，便跑来向我求计。我借给他几本字帖，让他练练字。没想到后来再见他，他的神气竟与往常迥然不同了，不仅原本灰白的面颊转为红润，而且久已黯淡的眸子也有了光泽。一枝细细的毛笔便撑起了他的精神脊梁，这太神奇了，在较短的时间内，艺术的灵光便驱走了他内心的郁闷和寂寞。

试图在单调乏味的日常生活之外找寻乐趣的人应该及早为自己的心灵开辟出一座美丽的后花园，在那里，你可以呼吐胸中积存的浊气和俗气，汲取文学、音乐、体育和各类游戏中的养分，从而铸就馨香亮泽的内在精神。有的人凡事提不起兴趣，业余时间百无聊赖，总找不到积极的休闲方式去提高生命的质量，他们离快乐已很远，和内心充实的境地就更是南辕北辙。

站在烦恼里仰望幸福

马 德

人生烦恼无数。

先贤说，把心静下来，什么也不去想，就没有烦恼了。先贤的话，像扔进水中的石头， 而芸芸众生在听得“咕咚”一声闷响之后，烦恼便又涟漪一般荡漾开来，而且层出不穷。

幸福总围绕在别人身边，烦恼总纠缠在自己心里。这是大多数人对幸福和烦恼的理解。 差学生以为考了高分就可以没有烦恼，贫穷的人以为有了钱就可以得到幸福。结果是，有烦恼的依旧难消烦恼，不幸福的仍然难得幸福。

烦恼，永远是寻找幸福的人命中的劫数。

寻找幸福的人，有两类。

一类像在登山，他们以为人生最大的幸福在山顶，于是气喘吁吁、穷尽一生去攀登。最终却发现，他们永远登不到顶，看不到头。他们并不知道，幸福这座山，原本就没有顶、没有头。

另一类也像在登山，但他们并不刻意登到哪里。一路上走走停停，看看山岚、赏赏虹霓、吹吹清风，心灵在放松中得到某种满足。尽管不得大愉悦，然而，这些琐碎而细微的小自在，萦绕于心扉，一样芬芳身心、恬静自我。

对于心灵来说，人奋斗一辈子，如果最终能挣得个终日快乐，就已经实现了生命最大的价值。

有的人本来很幸福，看起来却很烦恼；有的人本来该烦恼，看起来却很幸福。

活得糊涂的人，容易幸福；活得清醒的人，容易烦恼。这是因为，清醒的人看得太真切，一较真儿，生活中便烦恼遍地；而糊涂的人，计较得少，虽然活得简单粗糙，却因此觅得了人生的大境界。

所以，人生的烦恼是自找的。不是烦恼离不开你，而是你撇不下它。

这个世界，为什么烦恼的人都有。为权，为钱，为名，为利……人人行色匆匆，背上背着个沉重的行囊，装得越多，牵累也就越多。

几乎所有的人都在追逐着人生的幸福。然而，就像卞之琳《断章》所写的那样，我们常常看到的风景是：一个人总在仰望和羡慕着别人的幸福，一回头，却发现自己正被别人仰望和羡慕着。

其实，每个人都是幸福的。只是，你的幸福，常常在别人眼里。

90%的玄机

陈鸿桥

有这样一道数学题：90% ×90% ×90% ×90% ×90% =？结果是 59%。

如果抛开简单的数学意义，这个等式说明什么问题？

从小到大，无数次应对过各种考试的我们都知道，60 分是及格线，100 分似乎比较难， 而 90 分是一个可以引以为豪的分数了。工作中也是如此，很多人认为“把工作做到 60%太危险，会被公司炒鱿鱼；做到 100%太辛苦，也不太现实；把工作做到 90%就很不错了”。这种说法似乎很有道理，但工作的过程是由一个一个细微的环节串联而成的，每个环节都以上一个环节为基础，各个环节之间相互影响的关系以乘法为基准最终产生结果，而不是百分比的简单叠加。环环相扣的一系列过程结束后，“很不错”的 90 分最终带来的结果可能是 59 分——一个不及格的分数，这就是过程控制效应。

一个集约化的现代经营过程需要经过构思、策划、设计、讨论、修改、实施、反馈、再修正等诸多环节。如果你不能在每个环节认真对待，对每一个环节及时反馈和修正，不致力于每一个环节的完美，而是想当然地认为“结果不会有太大问题”，那么，最终的结局可能就是这个环节你做到了90%，下一个环节还是90%，在5个环节之后，你的工作成绩就不是平均值90%，而是59%——一个会被激烈的竞争环境淘汰的分数。在有些情况下可能还会低于这个分数，甚至变成负数！到了这个时候，你再回过头来按照100%的标准进行“检修”，就可能意味着整个项目、整个工程都需要“推倒重来”，意味着时间和资源的浪费，意味着效率低下和错失时机，意味着先前的努力付诸东流。90% ×90% ×90% ×90% ×90% =59%，这个简单的等式数学之外的意义就是——执行过程不能打折！

生命的沉浮

〔美〕查理·巴登霍普　刘鹏 朱一童 译

我们每个人都是微小的水滴，我们生命的沉浮能反映出所有生命的沉浮。只有当个人的精神同宇宙万物的精神结合在一起的时候，我们的力量才会最完美地展示出来。

在日本的第一年，我曾搭便车旅行，到过西海岸的很多渔村。

在一个小村子里，我有幸遇见了一个很特别的人。他 60 多岁，腿瘸得很厉害。他告诉我，他年轻时曾热衷于空手道，但是 25 岁那年，他在父亲的渔船上干活时不慎受伤，从此成了瘸子。

一天夜里，我们坐在外面的小木码头上，他向我讲起了自己的人生。他说：“当我意识到自己再也不能参加空手道运动时，便下定决心，为了进一步研究武术，此生甘愿做个渔民。”他阅读了各种各样的武学书籍，并将学到的知识运用到工作和生活中。

他说：“我学到的最重要的一样东西是创造一种与大自然的节律相协调的自身存在、运动和呼吸的节律。”

我们坐在水边，他邀我关注潮涨潮落，聆听潮水拍打木桩的声音。“就像关注你自己的运动和呼吸那样，去感受大海的运动和声音，体会如何与潮汐的节律相协调。”

我开始按他的建议去做，很快感到自己正被引入一个常常被自己忽视或根本没有注意过的相似的世界。

他说：“感受大海的生命力，与大海一起呼吸；感受大海的生命力，不做任何事，让自己与大海一起运动。呼吸、运动，感受自己的心跳，让自己的心跳与大海的心跳同步。

“现在你渐渐与海水融为一体，体内的液体开始变成很微小却能量巨大的海洋，起伏遍及你周身的系统。

“现在就像大海一样，你能感受到没有抵抗的流动的力量，感受到没有斗争的流动的力量。”

我们在一起坐了一会儿，老人、我和大海。我感受到了大海、我和老渔夫的力量和存在。我们不是分散开的，而是合而为一的。我非常清楚地知道所有的力量实际上都是一体的。

你就是那微小的水滴，你生命的沉浮能反映出所有生命的沉浮。当你平静下来，放慢节奏，与周围环境融为一体的时候，就会认识到大自然对于生命的看法是相似的。可看作“我” 的小水滴是生命海洋中不可缺少的一部分。当个人的精神同宇宙万物的精神结合在一起的时候，你的力量才会最完美地展示出来。

深呼吸，平静下来，开始关注并欣赏周围世界的沉浮，你会发现宇宙的力量正是滋养你生命的力量。

生命的原汁

高伟杰

谁的眼前都放着一杯水。

那是真正源自洌洌山泉的水，含着山的赤诚，流着泉的激情，映着天的纯净。

那水，是我们生命的原汁。好多时候，我们为了各种各样的渴望和五花八门的需求，在自己这杯原汁中掺入了形形色色、混混沌沌的杂质，让自己合乎别人的口味。好多时候，甚至在我们没有渴望、毫无知觉的时候，一双双神圣而满载善意的手颤巍巍地端起了我们，审视、咂嘴、摇头、啜饮，终于他们从敞开的胸襟里抓出一些什么放进我们的杯子。然后痴情地关注。然后默默地咂品、放下。然后叹着气走开；或者，微笑着离去。

而麻木的我们却把前者美其名曰：适应。而虔诚的我们却把后者誉为：塑造。生命，原本纯净而真实的生命，不得不在这人为的适应与塑造中被异化、扭曲了。此刻，当我们卸去浓重的伪装，于清风朗月下用自然的镜子观照自己的时候，心中便只有一种滋味：苦。一个伪装的生命究竟能存几时？一个孤苦的生命究竟能走多远？

我是活脱脱地来的，没有一丝羞怯。喜欢蓝天白云、丽日和风,就常常让丽日和风沐浴青春,就常常让蓝天白云拂拭心灵;憎恶阴霾迷雾、淫雨狂飙,就时时把阴霾迷雾撕烂了掷在脑后,就时时把淫雨狂飙捏碎了丢在脚下。喜欢就是喜欢,憎恶就说憎恶,对了、错了都是我自己的真实选择!疲惫了,就流一回伤心的泪,就唱一支悲伤的歌,别在乎别人说你软弱;高兴了,就跳一段强劲的舞,就发一阵少年的狂,别在乎别人说你不成熟——我就是一个平常人,拥有一颗平常心。

只有在这时,世界才恢复本来的面目,人类才唤醒了沉醉的记忆,生命才焕发出葳蕤的生机!

啜饮自己生命的原汁吧!让你、我和他。

上帝阅读着尘世的每一个人

朱成玉

上帝阅读着尘世的每一个人，他把每个人都当成一本书。厚的，还是薄的？通俗的、经典的，还是无聊的？书是自己写的。对人生的理解、对家庭的理解、对爱的理解，每个人都有着自己的思考。每个看上去普普通通的面孔后面，都有一段段的传奇经历、一段段的曲折故事、一段段的心路历程。每个人都在用生命撰写着自己的那本书，无论高贵或低贱、富有或贫穷、幸福或痛苦，就算只有自己一个读者，也值得每天抽出些时间来书写，总有一天你会发现这本书的价值。

网络作家南航在《每个人都是一本书》中写道：每个人都是一本书，父母是我们的出版社，生日是我们的出版时间，身份证是我们的书号。老人是史书，军人是兵书，僧人是经书，多胞胎是丛书，离退休的是闲书，良朋诤友是参考书，那些以刺青、文身、彩绘为时髦的年轻男女是图画书。如果你身高体胖，那是大开本；如果你小巧玲珑，那是袖珍本……每个人都是一本书，让坏人成为禁书，让好人成为畅销书。让我们用心研墨写好自己，因为我们的印数只有一册，因此每个人都是绝无仅有的孤本珍籍。

每个人都是一本书，有些故事跌宕起伏，充满传奇色彩，上帝不眨眼地读，爱不释手；有些人的故事平淡无奇，但他懂得用优美的句子来装饰，上帝倒也愿意瞧上两眼；有些人把自己的书，记成了一本流水账，记成了一本枯燥的万年历，上帝翻着翻着，没了兴致，随手就将它扔到一边。

这个世界，有贵族也有平民，有宫殿也有贫民窟，有美人也有残障者。有些人不停地抱怨上帝不公，感叹自己生不逢时、命途多舛、龙游浅滩、虎落平阳、良马难觅伯乐……其实这些抱怨上帝充耳不闻。上帝只是个愿意看书的老头儿，他阅读着尘世的每一个人，你只有把自己的书写得精彩了，才能得到他的眷顾。

无知无畏

巩昂

1796年3月30日，在德国格丁根大学校园里，一位18岁的青年学生吃完晚饭后，照例做导师每天布置给他的3道数学题。这个学生很有数学天赋，导师对他寄予了厚望，因此，在他完成固定作业之外，还会多给他布置几道较难的题。一般情况下，这个学生会在3个小时内，把所有作业完成。

这一天，他像往常一样，不到3个小时，就把固定作业做完了。可是，在多布置的题中，最后一题写在一张小纸条上，要求用圆规和一把没有刻度的直尺，画出正十七边形。学生也没有特别在意，只是埋头做题。几个小时过去了，却找不到解答方法。他想：也许是导师看到我每次做题都很顺利，就故意给我增加了一些难度吧。越是困难，他越想把这道题攻克。他拿着圆规和直尺，一边画一边想着各种可能的思路，一直持续到天亮。最后，这道题终于被解开了。

学生拿着自己的作业，来到导师办公室。他内疚地对导师说："您给我布置的最后一道题，我做了整整一个通宵才解答出来。对不起，我辜负了您对我的期望。"导师接过他的作业一看，惊呆了，问道："这是你昨天晚上做出来的？""是啊。可是我很笨，竟然花了整整一个晚上的时间。”

导师让学生坐下，取出圆规和直尺，让他当面在纸上再画一个正十七边形。学生很快就画了出来。这时，导师激动地说：“你知道吗？你解开了一个有两千多年历史的数学悬案。这道题，阿基米德没有做出，牛顿没有解出。你竟然在一个晚上就把它解答出来了！你真是个天才。我也正在研究这道题目，昨天给你留题时，我一不小心把写这道题目的小纸条夹在了给你布置的作业里。”

很多年后，这个学生回忆起那件事情时，总是说：“如果有人告诉我那是一道两千年没有解开的题目，我不可能在一个晚上把它解决。”这个学生就是数学王子高斯。

试　卷

王国华

在暗夜，偶尔会梦到试卷，真真切切。

试卷对我意味着什么呢？也许意味着考试吧。

多神秘的试卷啊，在拿到手之前，你不知道上面有什么内容。

但你明白，一定有许多不可预知的东西等着你。

那是老师设置的一个个陷阱。你像穿越迷宫一样小心翼翼，高抬腿，轻迈步，在里面闪转腾挪。

即使你心细如发，即使你身经百战，也难免有中招的时候。你满头大汗，如临大敌。

其实那不过是老师和你开的善意的玩笑。

第二天，他会告诉你，昨天你在什么什么地方，进入了圈套，实际情况不是那样的，而是这样的。然后，他告诉你准确答案。

我盼着老师揭晓谜底。他总给我意外的惊喜：自认为对的，竟然错了；自己没有把握的，却蒙对了。

他根据你的表现，给你打一个分数。

这个分数，你完全可以不在乎。

所以，每次交上试卷以后，我都满心期待着老师的讲解。他们的讲解常常让我豁然开朗，如醍醐灌顶一般。

老师是整个过程的设计者。我们懵懵懂懂地跟着他，亦步亦趋。

我对得起试卷，因为我从不抄袭别人的答案。抄袭对我没有意义，我需要靠自己的理解得出答案。

为什么会梦见试卷呢？也许因为我天天都在考试。

生活中的每一个问题，对我来说都是一次考试，但我没有盼头。

没有老师，也没有标准答案等着我。我只能一个人面对着那一张纸，咬着铅笔头，苦思冥想。

即使我交白卷，也没人管我；更不会有人对我大声咆哮，罚我重做一百遍。

谁管谁啊？每个人都面对着一张试卷，包括老师在内。他的那张卷子可能比我的这张还难，他可能比我还紧张呢！

我们自己领来卷子，摆在桌上，自己解答，最后自己给自己打分。

别人给你打 59 分，你可以给自己打 100 分；别人给他自己打了 100 分，你可以探头看看，撇撇嘴说，明明不及格嘛！

试卷和答案没有必然的联系，和分数也没有必然的联系。

答案与分数，都不再神秘，反而让你惶惑，让你无所适从。

试卷是例行的吃喝拉撒，它就那么轻飘飘地来了，摆在你的眼前，仿佛在说，你看着办吧。

20 分钟和 15 分钟

姚 剑

人生有许多准则和信条，那么，有哪些是非常重要的呢？

大学毕业前夕，我们一大群同学去向一位教哲学的教授告别。临走时，老教授说："我没有什么送给你们的，就送给你们两个有关时间的故事吧。"

1910 年，西奥多·罗斯福下野后，作为威廉·霍华德·塔夫脱总统的特使，参加英国国王爱德华七世的葬礼，并被安排在葬礼后与德国皇帝会晤。德皇傲慢地对罗斯福说："两点钟到我这里来，我只能给你 45 分钟时间。"罗斯福回答说："我会两点钟到的，但很抱歉，陛下，我只能给你 20 分钟。"

老教授说："在社会上，如果有人对你出言不逊，那么，最好的办法，就是反击回去。这是一个关于人格尊严的问题，世界上没有比尊严更重要的事情了。我们必须要维护自己的尊严，才能得到别人的尊重，这是做人的第一个原则。"

老教授接着讲第二个故事。

林肯的妻子玛丽·托德·林肯做了总统夫人之后，脾气愈来愈暴躁。她不但随意挥霍， 还常对人大发淫威，一会儿责骂做衣服的裁缝收款太多，一会儿又痛斥肉铺、杂货店的东西太贵。

有位吃够了玛丽苦头的商人找林肯诉苦。林肯双手抱肩，苦笑着认真听完商人的诉说，最后无可奈何地对商人说："先生，我已经被她折磨了15年，你忍耐15分钟不就完了吗？"

老教授说："我讲这个故事是要告诉你们，在家庭里，和自己的亲人相处时，必须要学会忍耐！这是我们做人的第二个原则。清官难断家务事，家庭里没有绝对的对与错，即使你贵为总统，可以号令天下，但在家里，你也只不过是一名家庭成员而已。家和万事兴，说的就是这个道理。"

现在我们毕业都快10年了，同学们聚在一起，还是会提起老教授那两个有关时间的故事……

不是每一朵花都有提前开放的理由

葛闪

2007年10月，年仅8岁的新加坡男孩艾尼创造了一个奇迹：在英国某考试机构的顶级化学考试中，他以惊人的成绩顺利通过，并成为通过该考试的年龄最小的考生，被列入《新加坡纪录大全》。

为了能将艾尼“收为己用”，从而起到提高自己学校知名度的作用，各大学府在招生政策上一路大开绿灯，纷纷以各种诱人的条件向艾尼抛出绣球，希望他能成为本校的学生。

然而，艾尼毕竟只是个孩子，还不想背井离乡、远渡重洋去求学。因此，艾尼最终将目标定在了新加坡南洋理工大学。正当艾尼在家人的帮助下准备申请入学时，令人意想不到的事情发生了：被众多学校热捧的“小神童”艾尼却在这里吃了闭门羹。该校负责招生的一位教授明确表示，将拒绝招收这位“令人垂涎”的“神童”入学。

艾尼的父母对南洋理工大学的做法感到十分不解：自己的儿子，众多一流大学抢都抢不到，为何在这里遭到拒绝？

教授这样解释：“无论艾尼的天赋如何，在我们眼里，他都是一朵娇嫩的花骨朵儿。对于这样一个孩子来说，学校实验室的长椅、架子太高，化学仪器太大，根本不适合他幼小的肢体。”他还进一步解释：“更重要的是，我们始终认为，艾尼应该有更适合他成长的阳光雨露和纵横驰骋的空间，我们不能因为学校的荣誉而过早地扼杀他的想象力和他对科学的热情。因为，不是每一朵花都有提前开放的理由。”

最终，艾尼没能如愿进入新加坡南洋理工大学。

信　仰

蒋希

我知道一只猎豹。风抚摸着它带血的皮毛，它知道面前这只疯狂的野牛对已身受重伤的它意味着什么。它最后一次冲上去，野牛尖尖的牛角刺入它雪白的肚皮，顿时，耀眼的鲜血绘出了一幅令人震撼的图画，猎豹倒下去了，满足地闭上了双目——它没有辱没它高贵的血统。

我知道一头老牛。风亲吻着它瘦弱的身躯，它知道面前这块土地对已不能进食的它意味着什么。它最后一次使出全身的力气，霎时，田间上演了一场令人心碎的剧目，老牛倒下去了，欣慰地合上了双目——它没有辱没它神圣的职责。

我知道一只麻雀。风描绘着它瘦小的身体，它知道面前这只猎狗对已奄奄一息的它意味着什么。它最后一次冲上去，瘦小的身体送入猎狗的嘴里。登时，零散的落叶舞出催人泪下的场面，一窝幼小的麻雀发出丧母的哀号——它没有辱没它伟大的使命。

我知道一只凤凰。风吹拂着它的羽毛，它知道面前这片火海对它意味着什么。它最后一次扑向火海，华美的羽毛连同娇美的身躯在火海中燃烧。一刹那，艳美的霞光映射出感人的场景，凤凰在火中消失了——它没有辱没凤凰的威名。

我知道一种神圣。它可以支撑起整个生命，甚至整个世界。我知道猎豹的兄弟在旷野中哀号，我知道田间老牛坟冢的苍凉，我还知道丧母的小麻雀会慢慢长大，我更知道凤凰终于等到了涅槃的那一天。

我知道那就是信仰。

是信仰支撑猎豹和野牛拼到了最后一刻，是信仰支撑老牛勤恳耕耘到了最后一刻，是信仰支撑麻雀不惜性命也要保护孩子到最后一息，是信仰支撑凤凰一次又一次奋不顾身地扑入火海，以铸就最后的辉煌。不要小看信仰，它可以让你不吝惜任何代价去冲破层层桎梏，它可以让你不吝惜仅有一次的生命去冲破一切阻碍，最终走向生命最美丽光华的顶端。

我知道一粒火种。风轻抚着它微弱的火焰，它知道自己来到人间的使命，崇高的信仰支撑着它燃到了生命的尽头，支撑着它化作了阳光一片……

我知道有一种人：风勾勒出他矮小的轮廓，他知道如何走自己的路；崇高的信仰支撑着他化渺小为伟大，化平庸为神奇，支撑着他笑看失败，潇洒生活！

闻香识人

包利民

闲翻野史，知道宋代有个廉之如，乃一隐士，早年应试不第，后结庐于青山绿水之间，房前栽花，屋后种菜，庭插细柳，室藏万卷。每有友来，穿庭入室，皆染一身清馨，于万卷之间，促膝而谈。廉之如兴之所至，也会远游访友。一次，他远赴江阴访一故旧，近室而门已开，故人笑迎而出。他诧问：“我没有捎信给你，怎么就知我来呢？”故人答道：“远闻其香，而知君至矣！”这里所说的香气，不是指廉之如庭花之香，亦不是指书卷之香，而是指他人格之魅力。

可见真正的朋友，与物质无关，与利益无关，那是一种心灵上的默契，是性情的相投，是心与心的依存。没有高低贵贱之分，人格上的平等是相交的基础。不必花天酒地，亦无须相从过密，两盏清茶，一夕畅谈，实在是胜过太多虚浮的繁文缛节。一个人的魅力，源自一颗不蒙尘的心，如皎皎之月，风度云度而不减其辉。人之择友不可不慎，滥交广游之人，必无一知己。突出欲望，则追腥逐臭之徒盈门；心地纯洁，美好的人格便不期而至。

十年以后，廉之如的平静生活被打破。就在这时，江阴的那位故友却已是天下闻名，他叫罗贤为，隐而复出，官至二品。就在罗贤为复出之时，廉之如一纸书信与之绝交，信云：“后不再访，恐余之清馨为浊世所污！”此后，十年间，两人形同陌路。廉之如人在家中坐，祸从天上来。他因早年一桩诗案被缉拿，开斩在即。他离开之前，犹在庭中侍弄花草。行刑当日，廉之如一改常态，请求监斩官暂缓片刻，鉴于他的名望，监斩官便自作主张将行刑时刻延缓，虽然他不知道廉之如争这须臾之命有何目的。过了一会儿，一骑飞奔而来，正是罗贤为。廉之如见他面露微笑，说：“知君远来相送，故乞命片刻相待！”罗贤为惊问：“何知吾来？”廉之如说：“君身亦有清馨耳！”原来这罗贤为为政期间，刚正秉直，口碑远著，廉之如颇悔与之绝交。

得友如此，人生何贫之有？以心识人，以心相交，自会超越世俗沧桑而温暖如初。而那样的一颗心，那种纯洁的人格，就如清露纳朝阳，良朋自然而至。闻香而识人知人，所凭借的，就是一种内在的潜质，那种人格的感召力和魅力，才是灵魂永远的芬芳。

谋生与乐生

梁丽娜

人生其实很简单，只有两件事：谋生与乐生。

“谋生”是一个苦涩的词语，它意味着忍受、付出、疲累、无奈、受气、披星戴月、流泪流汗……谋生是人之为“人”必需的本事，会谋生才不会成为社会的负累，才能担当家庭的各种责任。

人一生下来就被父母教以各种谋生的必需素质。想想小时候学走路时摔倒，父母告诉我们要坚强，要自己爬起来，这已是在训练我们的谋生能力。尔后，我们不停地读书学习，学习各种各样的知识技艺，领悟人生道理，这是在为日后的谋生做准备。参加工作后，努力地敬业、进取、适应、忍耐，承受各种身不由己的事情，这是真正的谋生。

是的，当我们必须回报，必须担起各种角色所赋予的责任时，我们就被推到谋生的角斗场之中了。这是一种理所当然的人生义务，每个人都必须履行。所以，不要怨恨和拒绝这一切，这是你应该做的，除非你不想活了，而不想活是做人最不负责任的一种想法。

而“乐生”却是一个愉快的词语，它意味着物质、情趣、品位、干净、爱、音乐……乐生是属于精神层面的，是一种心态，与物质没有多大关系。物质富裕的人不一定乐生，而贫穷的人也不一定不乐生。如果你能热爱生活、博爱众生，放一轮明月在心中，那么，任何苦厄便都能从容面对，并从苦中掘乐。

人的一生呀，烦恼总是如影随形。杨绛的《我们仨》中有一段文字："人间没有单纯的快乐，快乐总夹带着烦恼和忧虑。人间也没有永远，我们一生坎坷，暮年才有一个可以安顿的居处，但老病相催，我们在人生道路上已走到尽头了，我们三人就此失散了！"真是令人唏嘘啊！

人生苦短，我们不能任由烦恼淹没快乐，不能一生都活在与烦恼的牵缠中。心是烦恼的根源，亦是快乐的根源。我们无法像佛一样除尽烦恼，了脱生死，达到涅槃，但是我们完全可以学会操纵自己的内心，让它向着有阳光、有灯光的一面。只要心明净了，就会快乐起来。

学会了乐生，才不枉来人间一趟，才能在任何时候都能"行到水穷处，坐看云起时"。

常识在上

宁白

久病，生活简单。于是想到生活常识和伦理常识对人的重要性。懂得常识是保证一个人基本生活的起码要求，也是人能够享受生活的人文基础。忘记常识不是智力出了问题，便是神经系统出现了紊乱。

“文革”的时候，整个社会都乱了。父子反目、夫妻相斗，比比皆是；子女之孝、父母之爱，已遭破坏。连与吃饭相关的话题，都有了错乱的表述：宁要社会主义的草，不要资本主义的苗。在常识被颠倒、抛弃的时候，我有幸听到两位智者的话：

“这种现象不会长的，因为他们把生活常识都抛弃了。”

“人性被泯灭了，常识被颠倒了，这就快走到尽头了。”

这是两位饱经生活沧桑的老人。前者是一位没有多少文化的工人，后者则在20世纪40年代上海的大学里当过教授。在动乱的时代，他们没有想过趁乱去获取什么利益，而是沉着地坚守着自己清贫的生活。

多少年之后，我想起他们，仍然怀着深深的敬意。他们让我知道，常识是能支撑人精神的脊梁，能坚定人们对生活的信念，还是判别一个社会是否进步的最公正的标准。如果一个社会连常识都颠倒和抹杀，那么这个社会就不能被信任了。

真正感受到常识回归，是听到一位坚定而睿智的政治家的话。他说，把人民的生活搞成这样，这样的教条还有什么用？从此，人们似乎又一次知道，吃饭、穿衣比什么都重要；父慈子孝、夫妻和谐是人间乐事。这是与人的生命联系最紧密、须臾不能离开的东西，比什么主义都重要啊！

那次住院，邻床60开外的老周身患癌症，他92岁高龄的父母来看他。来之前老周告诉我，父母并不知道他的病情。两位老人颤颤巍巍地走进病房，老母亲还没在床边坐定，就上前一把抱住了自己的儿子："妈想你，早点回家啊！"老周泪光闪闪，连连点头："快了，再过几天我就回家了。"整个病房的人无不动容。

我为老周感到庆幸。有几位年过花甲之人还能享受到父母的关爱？原来老周长年与父母在一起，服侍父母尽心尽力，使父母得以长寿。子孝母爱，人伦常识的回归，给我们的生活增添了多少愉悦，使人生变得美好，变得让人依恋。

终于，我们的社会又恢复平静了，又变得有秩序有规矩了，常识又成为我们不敢违背的神灵。小时候，奶奶指点我们："这话不能说，这东西不能动，要天打煞的。"这个不能说，那个不能动，正是千百年来的常识所规范的。

常识在上，我为之仰天。

如果下降两厘米

陈 胜 编译

清晨，在山中，一条小河静静地流淌着。

有一只苍蝇在河面上飞旋，离河面仅差几厘米。水下有一条小鱼，它想，如果苍蝇再降下来两厘米，我就可以跳起来吃掉它了。在岸边潜伏着一只熊，它心里想着，如果苍蝇降下来两厘米，那条小鱼就会跳起来吃掉它，而我就可以冲过去好好地享受一顿美餐了。在河流附近，一个猎人正藏在高高的草丛里，他静静地看着这一幕，想着如果苍蝇下降两厘米，小鱼就会跳起来吃掉它，熊就会跑过去抓鱼，而我就可以一枪击中那只熊。在岸上的一个洞口处，有一只老鼠。它想着如果苍蝇下降两厘米，小鱼就会跳起来吃掉它，熊就会跑过去抓住那条鱼，而猎人就会站出来向熊射击，我就有足够的时间去拿走他袋子里的奶酪了。这时，在附近的一棵树上，蹲着一只小猫。小猫想，如果苍蝇下降两厘米，小鱼就会跳起来吃掉它，熊会跑过去抓住那条鱼，而猎人就会站出来向熊射击，而那只老鼠就会跑出来偷奶酪，那样我就可以快速地抓住它了。

大家心里都美滋滋地满怀期待。突然，苍蝇下降了两厘米，早有预谋的猎人和动物们立刻按计划行动起来。鱼跳起来吃掉了苍蝇，熊冲出来一口将鱼吞进了肚子，猎人站起来向熊射击，然而一声枪响打破了所有的宁静，老鼠吓得忘记了奶酪，而猫也忽然失去了平衡，从树上掉了下来。

当我们紧紧盯着人生的诱惑而在心中规划着自认为完美的计划时，我们常常会忘记一声“枪响”所带来的恐慌。

捡拾与抓挠

〔西班牙〕费尔南多·萨瓦特尔　于施洋 译

一位禅师问他的徒弟："这个房间里你最喜欢什么？"

机灵的徒弟指指酒杯。酒杯是以黄金和大理石制成的，价值肯定不菲。

"那好，拿走它吧。"禅师说。

徒弟不等禅师吩咐第二遍，立刻用右手紧紧抓住了那个酒杯。

"你不想放开它吧？"禅师接着问，"没有别的你喜欢的了吗？"徒弟承认，桌上那个胀鼓鼓的钱袋，也不惹他讨厌。

"没关系，你也拿去吧。"禅师说道。

于是徒弟又欣喜地用左手夺过钱袋。"现在呢？"他有点儿紧张地问禅师。

"现在你挠挠自己看。"

他当然做不到。除非他能放下自己紧抱的东西！

我们紧紧抓住的东西，也用它的方式把我们抓住了。如何行事不过头，才是更需注意的问题。

在电影《公民凯恩》里，凯恩是个百万富翁，在他的豪华宫殿里，他倾其所有地收集了世界上最美丽的藏品。他很富有，什么都不缺。生活在他周围的人，都被他出于自己的目的，当成了实现他野心的工具。但在他生命的尽头，当他孤独地漫步在别墅空荡荡的客厅里，四壁镶嵌的镜子把他的形单影只放大了一千倍——只有虚无的镜像陪伴着他。他临终前喃喃地吐出了一个词："玫瑰花蕾！"

一位记者试图破解这最后一个词的秘密，却没有成功。其实，"玫瑰花蕾"是凯恩小时候玩的雪橇上写的一个名字，那是一个他周围仍然充满关爱的时代：大家都喜欢他，他也对大家报以微笑。从别人身上聚敛起来的财富和权力，没有给他带来任何比童年记忆更美好的东西。在生命的最后关头，凯恩满屋的宝贝也不及那个简陋的旧雪橇。那个雪橇让他想起，在他全力投入倒买倒卖之前还曾爱过与被爱过，这远胜于拥有或操纵的快感。

我们不反对赚钱，也不反对收集好东西，但我们所拥有的东西，同时也在占有着我们。因为双手和灵魂都占满了财物而不得空闲，当凯恩突然感到奇痒难耐时，竟不知用什么来抓挠。

生活远比我们预想的复杂，因为双手不仅要用来捡拾，还要用来抓挠和抚摸。我们除了相信要"做自己想做的事"，还要"给自己一份好生活"。

生命之水

〔英〕玛格丽特·斯尔夫 张惠凌 译

有三个人在寻找生命之水，希望喝下生命之水后，可以长生不老。

第一个人是武士，他猜想生命之水应该非常强大有力——可能是洪流——于是他身穿盔甲、手持武器前往寻找，他相信自己可以迫使生命之水向他屈服。

第二个人是女巫，她认为生命之水应该非常有魔力——也许是个旋涡或喷泉，她必须施用魔咒——于是她穿上布满星星图案的长袍前往寻找，希望可以靠她的机智骗取生命之水。

第三个人是商人，他猜想生命之水应该很昂贵——或许是个有珍珠或钻石散落的喷泉——于是他在衣服和钱包里塞满钱，希望可以用来购买生命之水。

这三个人到达目的地时，他们发现自己大错特错。

生命之水不是洪流，不需靠暴力取得。

生命之水不是旋涡，不需对它施以魔法。

生命之水也不是有珍珠或钻石散落的喷泉，不需花钱购买。

它只是一眼冒着泡泡的小泉水，它完全免费——不过，你必须跪下来才能饮用它。

这三个人感到万般无奈，因为：

武士穿着盔甲，根本无法弯腰。

女巫穿着有魔力的长袍，如果弄脏了，它的魔法就会消失。

商人身上装满了钱，他只要稍微屈身，钱币就会滚出来，掉进角落的缝隙里。

这三个人都穿着“盛装”，没有办法弯下身去饮用生命之水。

解决的方法只有一个，那就是：

武士脱下盔甲。

女巫脱掉有魔法的长袍。

商人脱去塞满钱的衣服。

如此一来，他们每个人——赤裸着身子——就可以跪下来饮用生命之水，享受它的清凉、甘甜和令人惊奇的恩赐。

嘘——躲进世界的角落，
请保持安静，忘记时间，做回你自己。

爱心故事

〔美〕特里·杜布森　彭嵩嵩 编译

那是一个令人昏昏欲睡的午后，列车快速地行驶在东京郊区。车站到了，车门打开。突然，宁静被一个男人打破。他块头很大，醉醺醺、脏兮兮的。他狂呼乱叫、不知所云地怒骂着。醉汉摇摇晃晃走进车厢，尖叫着扑向一位怀抱婴儿的妇女。这一扑使得母亲倒在了一对老夫妇的腿上。所幸婴儿没有受伤。老夫妇吓坏了，他们跳起来向一旁逃走，我则站了起来。

那一幕发生在 20 多年前，那时我很年轻，有一副健壮的好身板。醉汉见我站起来便咆哮道："啊哈！一个外国人！你需要上一节日本礼仪课！"他冲到我面前，就在他要动手的一刹那，有人大喊一声："嗨！"这一声真是震耳欲聋。我们回头，看到一位矮小的日本老人：他 70 多岁，穿着整洁的和服坐在那里。他没有看我，却冲着那个醉汉眉开眼笑。"到这儿来，"那位老人以舒缓的方言说道，"到这儿来，和我聊聊天。"

醉汉挑衅地站到老绅士面前，吼声盖过了车轮的咔嚓声："混蛋，凭什么和你聊天？"老人家仍旧微笑："你喝的是什么酒啊？"他眼睛里闪烁着饶有兴趣的光芒。"我喝的是清酒！"醉汉怒吼道，唾沫星子飞溅到老人身上。

“哦，太好了，”老人说道，“我也喜欢清酒。每天晚上，我和我妻子——哦，她今年 76 岁了——我们温上一小瓶清酒拿到花园里，坐在长凳上看日落，还要查看柿子树的长势。那棵树是我曾祖父种的，我们一直担心它能否从去年的冰灾中恢复过来。不过，它的情况比预想的好！”他抬头看着醉汉，眼里闪着光。

醉汉不耐烦地听着，脸色却渐渐缓和下来，紧握的拳头慢慢松开。“我也喜欢柿子树……”他答道。“是吗？”老人笑着说，“那你肯定也有一位好妻子吧。”“不，我的妻子死了。”醉汉开始啜泣，“我不应该没有家，不应该没有工作。我真为自己感到羞耻。”眼泪从他的脸颊上滚落。

这时，火车抵达了我要下的车站。当车门打开时，我听见老人悲怜地感叹道：“唉，那实在是很艰难的状况啊。在这里坐下来，和我说一说吧。”我扭头看了他们最后一眼：那个醉汉躺在坐椅上，他的头靠在老人的膝上，老人正温柔地摩挲着他那肮脏而粗糙的头发。列车开走了，我的心里却在感慨：本来想用拳头解决的问题，却被几句体贴的话轻易化解，其中的奥秘就在于一个“爱”字。

独一无二的偶像剧

方文山

很多人会盲目地羡慕电视偶像剧里男女主角多姿多彩的感情生活。其实，每个人都是独一无二的个体。任何一个人都有属于自己的一条轨道，谁也无法被他人复制与取代。不论一路上会遭遇怎样的喜怒哀乐、怎样的人和事，你都有经过量身定做、只适合你自己去扮演的角色与戏份儿。

通常，大部分人都想模仿偶像的生活。所谓"家家有本难念的经"，你所钦羡的对象，在你看不到的另一面有什么样的烦恼与缺憾，你不会知道，或者也不感兴趣。

每天你上学坐同一班公共汽车，或许当天出门前还跟妈妈怄气，中午吃几元钱的快餐，上课时与同学发生些小争执，周末跟朋友人挤人地看场电影，在假日的夜晚上网聊天。这些生活中的琐碎细节，全部集合起来，就算是一种人生戏剧，你已经在演以自己为主角的偶像剧了。

生活，不一定要有惊天动地的情节才叫精彩；感情，也并非要有山盟海誓才算真爱。电视中的偶像剧，因为收视率和时间的原因，必须把真实的时空压缩，然后以紧凑的剧情与夸张的情节去铺设故事内容。这就像你可以透过一场一两个小时的电影观赏一个人长长的一生，或者了解一个民族的兴衰、一段历史的更迭。但是，真实的人生琐碎、冗长和沉闷，甚至会有很多机械式的重复。这些所谓平凡单调的生活，在讲究戏剧冲突和张力的偶像剧里，是无法体现出来的。

不要一直抱怨和不满足于自己所能控制与拥有的一切，其实每个人都在演自己独一无二的偶像剧。在这场戏里，你的角色与戏份儿没有人能够取代。你只能真正发自内心地接受现在自己所能拥有的一切，不管是外貌、身材、学历、朋友圈、工作环境，还是家世背景、所交往的对象，否则你就会永远没有快乐的一天。因为，一个人最大的悲哀，就是不愿意做自己。

躲进世界的角落

几 米

嘘——躲进世界的角落，请保持安静，忘记时间，做回你自己。

在这里，你自己就是整个宇宙。

我不记得从什么时候开始，我喜欢躲进世界的角落；我也不知道该怎么说，只希望有一天你们会懂我的心！

当我忧愁烦恼的时候，当我暴躁烦怒的时候，当我心情乱糟糟的时候，甚至当我快乐得不得了的时候，我都想换个角度，重新看看我的世界。

啊！如果有一天，我站在世界的最顶端，我会比现在更幸福吗？

我常常觉得这个世界好奇妙！

它让人快乐，也让人忧伤。

它大方地让人怀抱希望，也残酷地要人面对失望。

有时候我害怕寂寞，希望一直有人陪在我身边。

有时候我喜欢孤独，厌烦纷扰的人群。

怎样才能找到一种神奇的魔药，好让我打败内心的恐惧呢？

大家都应该拥抱一个像天一样大的希望！

但是飞起来就一定会掉下去吗？

难道只有梦想与想象，才会让我们飞得又高又远吗？

但愿在世界的任何角落里，每个人都可以拥有满满的幸福！

尽管这个世界漏洞百出，但真的不用担心！

每个漏洞都会找到一个补洞的人。

但是如果我们轻易放弃我们该做的，世界同样也会放弃我们！

最后，连角落都不给我们躲藏了！

给今天起一个好名字

祝 勇

当一个小生命诞生的时候，惊喜的父母总要运用他们的智慧为之取一个好名字。因为这个名字即将成为襁褓中的婴儿的一部分，伴随他一天一天成长，跟随他踏遍红尘，经历一生的风雨。

每一个从梦中醒来的早晨，坐在床沿眺望窗外，看着朝阳踏破彩云的襁褓攀向高处，我时常想，这崭新的一天，不就是一个新诞生的婴儿吗？我要为他起一个响亮的名字，再悉心地呵护他、培育他、充实他、赞美他，让他成为无愧的时间之子。

今天的名字可以叫——让风筝上天。这真是一个好名字，你没感觉到今晨的阳光是那么绚烂、天空是那么晴朗、空气是那么馨香吗？那么，让我们一同到草地上放风筝吧，让我们脚踏晨露，迎着清风疾跑，让我们青春的朝气与奔放的热情和风筝一道，高高地在天宇飞翔吧。

今天的名字可以叫——画出心中的彩虹。绚丽、光艳的彩虹是大自然多么奇妙的造化， 孩提的时候，我就喜欢拿着蜡笔，在洁白的纸上画出七彩的虹。那么今天，在这彩虹般美丽的时刻，就让我们以向往为画笔，在心灵的画布上，描绘出一幅最动人心魄，让人魂牵梦萦的生命画卷吧。

今天的名字可以叫——与你深情相遇。在今天，我会与多少不同于昨天的美妙感受、思想、事件、人物不期而遇啊。就在今天的某一时刻，我会在外出的路上，在漫步的途中，在平静雅致的沙龙里，在平仄顿挫的线装书里碰上他们。我会整理好一份心情，像赴一次爱人的约会一样，满怀欣喜与盼望，与他们深情相遇。

今天的名字可以叫——站成一棵树。在平凡而不平淡的日子里，我不做娇艳欲滴、夺人眼球的花朵，却要站成山谷里那棵沉静的树。我要沐浴明媚的阳光，啜饮天地的甘露，领略无尘的清风，将它们化成我身体里的每一个细胞。当然，我也准备经历狂风暴雨，并在风雨中长成结实的身体，练就不屈的筋骨。

不论今天是晴朗还是阴霾，不论今天是欢乐还是忧伤，给今天起一个好名字，就是替一支时时不经意的从唇边滑过的优美乐曲配上动人的歌词，就是为人生这部厚书写下一个小小章节的标题，就是给属于自己生命的崭新日子一份心灵的承诺……

低处的温暖

赵功强

2009年8月31日，是英国前王妃戴安娜12周年忌日。马格丽丝是一位普通的英国女子，她决定和丈夫、儿子一起驱车赶往戴安娜的墓地祭奠。

1978年，17岁的戴安娜中学毕业后做起了小保姆——为汉普郡的一个律师照看两岁的女儿。在那里，戴安娜遇见了在另一个家庭做保姆的马格丽丝，并且和她成了好朋友。

马格丽丝和戴安娜同岁，是一个贫民家庭的小女儿。只要是晴好的天气，两人都会带上各自照顾的孩子在街心花园碰面，她们有许多共同话题。

马格丽丝悄悄告诉戴安娜，她正在和一个酷爱开车的男孩儿恋爱。男孩儿家境一般，但是他会吹口哨，还会采好吃的野莓给她。马格丽丝幸福地说，等他们赚到举行婚礼的钱就结婚。

一年之后，戴安娜去一所幼儿园做生活老师，离开了马格丽丝。后来，她遇到查尔斯王子，上演了灰姑娘的故事，成为所有女人艳羡的对象。

马格丽丝的生活并没有多大的改变，她和男友结了婚，在乡下安了家。她开了一间洗衣房，她的丈夫跑运输。一年后，他们的孩子出生，一家三口其乐融融。

闲暇时，马格丽丝也会回忆起和戴安娜相处的时光。但是，她只能在报纸、杂志和电视上看到风光无限的戴安娜——出席宴会，接见外宾，观光度假。丈夫有时会调侃她："跟我这个穷光蛋在一起，你不羡慕她吗？什么时候我们去拜访一下你的这位老友，让她给咱们弄个好一点儿的差事？"马格丽丝总是若有所思地摇头："没啥好羡慕的，你没看出她不快乐吗？"

1992年，戴安娜和查尔斯正式分居。1996年，双方解除婚约。马格丽丝经常伤感地问丈夫："要是戴安娜当初没有嫁入皇室，她现在会过怎样的生活呢？"丈夫不无调侃地说："当然是跟你一样，陪着一个糙男人，生一窝孩子，天天忙着洗衣做饭。"马格丽丝撇撇嘴："那也不错啊，总比她现在这样凄凉孤寂好得多。"这是她的真心话，每当电视上出现戴安娜强颜欢笑地出席各种宴会的镜头时，她不正和丈夫、儿子吃着晚饭，享受着人生最朴实的幸福吗？

马格丽丝没有想到，昔日的女伴会在1997年8月死于非命。惊闻噩耗，她失声痛哭。

幸福与一个人所处的位置有关：有些人像流星，高居天宇，光耀尘世，可是他们只能瞬间划过，被别人观赏指点，没人懂得他们的凄凉和隐痛；有的人像普通的灯盏，蜗居于某个屋檐下，却能温暖和照亮整个房间，被人珍视。

看着前方

孙君飞

一个朋友对我说：“当你忧伤时，请看着前方。”

说来也怪，每当自己忧伤时，我很少看着前方，不是低低垂首，就是闭目不瞻，即便抬头仰望天空，也是越看越茫然。

忧伤时，自己的视野真的窄了，甚至拉上眼帘，不再观望前方的美丽和希望的曙光。闭上眼睛，将自己封闭在体内的黑暗当中，自然也听不到前方的召唤和春天的歌唱。看着前方，以平视的姿态看着远方，拥抱希望，这算是告别忧伤的最优雅、最生动的仪式吧。

这个朋友有一个冰雪聪明的女儿，美丽得像是舞蹈着的花，但她完全看不到外边的世界。朋友曾经伤心欲绝，但没有人能够帮助他疗伤，是残酷的生活教会他看着前方，发现和拥有那些前行一段路程才能得到的喜悦。

看着看着，他就仿佛看到已经长大的女儿——她更加漂亮乖巧，学会了自己照顾自己；她穿上了黑色的练功服、白色的舞蹈鞋，黑黑的头发盘得高高的，用发光的发带束了起来；她时刻微笑着，那是汇集在她嘴角的点点明媚春光；她变得坚强睿智，能够自食其力，如她所愿，果真成了一名受欢迎的舞蹈老师……

我们敲门时，上帝总是不在家。忧伤那么容易就到来，似乎天空一下雨就止不住。诗人朗费罗为此感慨不已："你的命运一如他人，每个生命都会下雨。"下雨时，忧伤时，最值得做的事情就是像这位朋友所说的：看着前方！一分钟不行，再看一分钟，久久地看，一次又一次地看，用一生的经历来看，用最真的爱满怀着希望来看。看看是不是"所有的雨都会停的"，看看雨后的天空是不是更洁净、更辽远、更美丽，是不是还会奇迹般地出现彩虹。

上帝总有回家的时候，雨总会停下，前方总有希望和喜悦。

花开花谢了无痕，执着于此，只能忧伤绵绵；如果能够看着前方，就会明白花谢之后是重上枝头的果实——花朵谢幕，果实登场，这就是风雨兼程后的实在喜悦。

有人说，最大的忧伤莫过于光阴荏苒，年华易老。但看着前方，就会领悟前半生的流逝，将会带来果实累累的后半生，人生的喜悦正在前方不慌不忙地等待着我们。

看着前方，然后朝着前方坚定行走，喜悦就会慢慢降临你的内心，如莲花盛开，你亦如一朵喜悦盛开的莲花。

你永远有做不完的事

〔美〕理查德·卡尔森 朱恩伶 译

许多人过日子好像有个秘密目标——非要把一切事情都做完不可。我们熬夜、早起、不敢纵情逸乐，让我们所爱的人一直等下去。可悲的是，太多的人就是因为让他们所爱的人等得太久，最后对方终于放弃了这段感情。我以前就是这个样子。我们通常会说服自己，忙得不可开交只是暂时的，一旦做完该做的事，我们就能平静、放松下来，并且心情愉快。事实上这样的境界永远不会到来，因为旧的事情刚做完，新的事情便会接踵而至。

“待办清单”只意味着你有一些事情尚待处理，并不表示你得全部做完。人永远都有未打完的电话、未结束的计划、未完成的工作。事实上我们可以说，一张写得满满的“待办清单”才是成功的要素，因为这表明你的时间很宝贵。

不过，不论你是什么大人物或在做什么大事，记住：没有什么事比你和你所爱的人的幸福和内心安宁更重要。如果你一直执着于完成所有的事情，那永远不会有幸福感。其实，几乎所有的事都是可以等的，我们的工作中真正属于“紧急”的事少之又少，只要你专心一意地工作，事情都会及时完成。

我发现如果经常提醒自己，人生的目的并非完成所有事情，而是去享受生命旅途中的每一步，过着充满爱的生活，我就不太会有非得完成所有事情不可的念头。记住：在你离开人世的那一天，还是会留下未完成的事需要别人代劳，而且也一定会有人代劳的，别再浪费生命的每一分每一秒，做无谓的惋惜了。

难演的角色

林青霞

演过一百部戏，一百个角色，最难演的角色却是自己。因为剧本得自己写，要写个好剧本谈何容易。

在我演艺事业最忙的时候，在我同时接六部戏、演六个不同角色的时候，我忘了演自己。有一天站在镜子前面，我看到的竟是一张陌生的脸孔。

“我是谁？”我问自己，“我喜欢做什么？”“我不喜欢做什么？”“我为什么不快乐？”

这才发现，不知道从什么时候开始，我失去了自己。于是我努力找回自己，让自己快乐起来。原来快乐是有定律的。要认清自己，接受自己，不要勉强自己做不喜欢和做不到的事，要懂得说“不”字，要表里合一，要忠于自己，不要斤斤计较——照这个定律去做，快乐就会产生。

有时候我想，当一个人将要离开这个世界的时候，总结一下，赚到的是什么？我以为，快乐的时间多过痛苦的时间，那就是赚到的。

永远记得那两个快乐的下午。有一天，我在纽约一位女朋友的小公寓里，她正在化妆。忽然听到街道上喧闹的锣鼓声，我们来不及换衣服，就把睡衣往裙内一塞，加件风衣往外跑。我们跑到人群里凑热闹。游行的队伍走后，我们散步到中央公园。坐在长条木椅上，微风轻吹着我的长发和衣裙，眼前走过几个中国人，我稍感紧张，但马上意识到，人家可没注意到随意懒散、没化妆的林青霞。刹那间感觉好快乐、好自在。

另一个下午，我和邓丽君到法国南部的海滩裸泳。在众人目光下成长的我们，摆脱了束缚，笑傲在蔚蓝的海天之间。

这种自由自在，相信外人是无法体会得到的。

原来快乐可以这么简单：不需要华服，不需要珠宝，只要一颗自在的心。

我的祖国

张海迪

祖国是什么？也许这是每一个孩子都曾经问过的。我很小的时候，也问过我的父亲和母亲。他们告诉我，中国就是我的祖国。可是祖国的概念在我幼小的心中依然模糊，直到有一天，父亲和母亲带我去看电影《上甘岭》。片中那优美的旋律深深打动了我：一条大河波浪宽，风吹稻花香两岸，我家就在岸上住……从此我会唱这支歌了，我也慢慢懂得了，祖国就是生我养我的地方，祖国就是广阔的田野、宁静的村庄、密密的树林、绿色的山峦、清凉的小河，祖国就是宽阔的马路、高高的楼房、美丽的公园，还有那些勤劳善良、热情真诚的人们。

有一天，母亲带着我坐火车去远行，当火车隆隆驶过黄河铁桥，我看见黄河像一条金色的巨龙从天而降，奔向远方……那一刻我发现，大地是那样辽阔，天空是那样高远。

后来我当了作家，我用自己的笔写我生活中的故事，也写壮丽的雪山、浩瀚的沙漠、缥缈的星空。我渐渐懂得了，祖国不仅是我生长的土地，是我感受温暖与亲情的家园，祖国也是亿万人民的共同体，我是其中之一。我为她学习，为她工作，为她创造。当我在欧洲学习和工作期间，祖国更是我常常魂牵梦萦的地方。每当唱起“一条大河波浪宽，风吹稻花香两岸”，我的泪水就情不自禁地流下来，仿佛黄河汹涌的涛声就在耳畔……

远在他乡更能感受祖国山河的壮美，长江、黄河，从青藏高原逶迤而下，不舍万里，奔向大海；珠穆朗玛峰巍峨屹立在世界屋脊，任凭狂风把头顶的雪雾洒向天边；太平洋的波涛轻轻拍击着宝岛的礁岩，仿佛在亲密地和大陆喃喃私语……

祖国的历史悠久绵长，就像黄河、长江，历经千年风雨，千回百转，一往无前。回望亘古绵延的历史长河，亿万次锤炼的民族精神就像珠穆朗玛峰一样傲然挺立，气冲霄汉。

当孔夫子面对流水感叹生命的消逝，屈原忧国忧民抚剑悲吟，司马迁忍辱负重奋笔疾书，中华民族的血液里就已经被注入了永恒的力量——信仰，责任，关怀，无私。

当李白畅游山水、纵情高歌，杜甫执笔沉思、仰天悲唱，他们给中华民族的子孙留下的，不仅是光焰万丈的诗篇，而且是传承千载的精神——激情，想象，热爱，博大。

当李清照悲切吟哦，岳飞怒发冲冠，他们让我们记住的，不是仇恨，不是抱怨，不是叹息，不是畏缩，而是坚韧无畏、勇往直前的宝贵品格。

我们有无数的词语赞颂先辈们在民族灵魂中熔铸的崇高、坚定、克己、宽容、和睦……先天下之忧而忧，后天下之乐而乐——这是我们的祖先在人类文明史上写下的瑰丽词句，是一个民族的宽广胸怀，也是我们今天立于世界民族之林的信念支撑！

在新中国成立60周年之际，我写下这些文字，耳畔仿佛又听见了那支歌：一条大河波浪宽，风吹稻花香两岸……

唱好自己那首歌

南 风 编译

在非洲的一个部落里，如果一个女人知道自己怀孕了，她就会找几个朋友一起到旷野里去祈祷和冥想，直到听到胎儿唱歌为止。她们知道，每个灵魂都有自己独特的方式来表达它的喜好和目的。当她们听到那首歌时，就一起大声地唱出来。唱完后，她们会回到部落里，把那首歌教给部落里所有的人。

接下来，在孩子出生、上学、成年、结婚，直至最后离开这个世界时，部落里的人都会聚到一起郑重地唱那首歌给他听。

在这个部落里，还有另外一种习俗。如果某人犯了罪或做出了违背社会公德的事情，部落里的人就会把这个人围在中间，然后，要这个人为大家唱他的那首歌。这个部落的人都认为，对犯了错误的人不要惩罚，要用爱帮他回忆和恢复他的纯真本质。当他记起了他自己的那首歌，他就不会有伤害别人的欲望了。

爱你的人不会因为你犯的错误或你的缺陷而忘记你本质上的好。当你感到自己丑陋时，他们还会记得你的美丽；当你心碎时，他们还会记得你快乐的样子；当你做了令自己羞愧的事时，他们还会记得你天真无邪的时候；当你茫然失措时，他们还会记得你的目标。

也许你不是生长在非洲的那个部落，在生命的每个重要的转折点上，没有人唱歌给你听， 但生活总会让你知道：你什么时候合拍，什么时候走调。当你做事顺利时，你所做的事就是与你的歌合拍的；当你感到做事不顺利时，你所做的事就是跟你那首歌不合拍的。我们每个人都要知道并唱好自己的歌，也许你现在唱得不太好，但不要泄气，要知道，只要你不断地唱下去，你就不会迷路。

美丽的坚持

徐 新

在南美洲安第斯高原海拔4000多米人迹罕至的地方，生长着一种花，名叫普雅花，花期只有两个月，花开之时极为绚丽。然而，谁能想到，为了两个月的花期，它竟然等了100年！

100年中，它只是静静伫立在高原上，栉风沐雨，用叶子采集太阳的光辉，用根汲取大地的养料……就这样默默等待着，等待着100年后生命绽放时的惊天一刻，等待着攀登者身心俱疲时的眼前一亮。

对普雅花来说，等待是一种美丽的坚持。现实世界里，人们缺乏的正是普雅花的毅力，表现为眼高手低，好高骛远，只重成功后的辉煌，忽略或忽视成功前的努力和等待。

19世纪，加拿大蒙特利尔麦吉尔大学的学生威廉·奥斯勒对人生感到困惑，他有远大理想，渴望成功，又觉得身边的小事没什么意义，平凡的生活枯燥乏味，因而成绩每况愈下。

威廉·奥斯勒的老师推荐他阅读哲学家卡莱里写的一本启蒙读物。在漫不经心的浏览中，他突然发现书中的一句话："首先要做的事不是去看远方模糊的目标，而要做手边最具体的事情。"他顿悟，是呀，不论多么远大的理想，都需要一点点实现；

无论多么浩大的工程，都需要一砖一瓦垒起来。年轻的威廉·奥斯勒开始埋头读书，以优异的成绩毕业。毕业后到一家医院做医生，认真对待每一个患者，很快成为当地的名医，并被授予爵士爵位。

生命是一个奋斗的过程，也是一个等待的过程。因为人生不会总是一马平川，不会总是春风得意。在太多的不顺心、不如意甚至挫折沮丧面前，我们需要的是平和的心态，像普雅花那样，在等待中积聚力量，最后实现灿烂的绽放。

图书在版编目（CIP）数据

站在烦恼里仰望幸福 / 何风主编；《读者》图书部编. -- 西安：未来出版社，2017.1
（读者经典卷首合集）
ISBN 978-7-5417-5198-1

Ⅰ. ①站… Ⅱ. ①何… ②读… Ⅲ. ①诗集—中国—当代②散文集—中国—当代 Ⅳ. ① I217.1

中国版本图书馆 CIP 数据核字（2017）第 021320 号

读者经典卷首合集

站在烦恼里仰望幸福

ZHANZAI FANNAO LI YANGWANG XINGFU

何风 / 主编　《读者》图书部 / 编

总 策 划：孟讲儒　李　进
执行策划：唐荣跃　柴　冕
责任编辑：雷露深
装帧设计：许　歌　张　涛
内文绘图：雨孩子
封面绘图：武当小仙
发行总监：董晓明
营销宣传：薛少华　陈　欣
出版发行：陕西新华出版传媒集团　未来出版社（西安市丰庆路 91 号　电话：029-84287959）
经　　销：全国新华书店
印　　刷：西安新华印务有限公司
开　　本：880 mm × 1230 mm　1/32
印　　张：5.75　插页：10 码
版　　次：2017 年 3 月第 1 版
印　　次：2017 年 3 月第 1 次印刷
书　　号：ISBN 978-7-5417-5198-1
定　　价：25.80 元